我的种菜歌

孙冰川微信随笔

孙冰川 著

中华书局

图书在版编目（CIP）数据

我的种菜歌:孙冰川微信随笔/孙冰川著. —北京:中华书局，2016.10

ISBN 978-7-101-11885-8

Ⅰ.我… Ⅱ.孙… Ⅲ.①随笔-作品集-中国-当代②杂文-作品集-中国-当代 Ⅳ.I267.1

中国版本图书馆 CIP 数据核字（2016）第 125894 号

书　　名	我的种菜歌:孙冰川微信随笔	
著　　者	孙冰川	
责任编辑	梁　彦　刘照旭	
出版发行	中华书局	
	（北京市丰台区太平桥西里 38 号　100073）	
	http://www.zhbc.com.cn	
	E-mail:zhbc@zhbc.com.cn	
印　　刷	北京瑞古冠中印刷厂	
版　　次	2016 年 10 月北京第 1 版	
	2016 年 10 月北京第 1 次印刷	
规　　格	开本/850×1168 毫米　1/32	
	印张 9⅜　插页 2　字数 110 千字	
印　　数	1-1000 册	
国际书号	ISBN 978-7-101-11885-8	
定　　价	48.00 元	

目　录

自　序

在微信上发完第 99 篇随笔《周武王是怎么当皇上的》，我松了一口气。按传统说法，可以算完成当初对朋友说要写 100 篇的承诺了。

记得是 2015 年 3 月底，我与老朋友王若竹，两家人一起出去旅游，途中聊天儿甚欢。若竹劝我，没事儿把这去看书积累的一些知识和感想，不妨写出来，在网上发，反正闲着也是闲着。我有些动心。但那时我用的还是老式手机，不懂微信。回来后，4 月底，女儿强行给我换了个高档手机，教我什么是微信，什么是朋友圈。然后 4 月 30 日发了个钓鱼的照片，圈里朋友一呼应，自己开始觉得这玩乞儿挺有意思。5 月初，写了个《佛门之外看丹霞烧佛》的帖子，学着发朋友圈，又莫名其妙、弄拙成巧、歪打正着地建了一个群，一帮好朋友开始在群里聊东聊西，热热闹闹，还起了个"门缝儿看佛"的名字，这才真正成了动力，继续写下去，以至于在写了七八篇后，加上个"冰川随笔"的名义。当时把事情看得太容易了，与若竹说要写100篇，并把这看成是对朋友们的一个承诺，没想到写起来是这么苦的一个差事。之后这几个月，搜索枯肠，苦思苦虑，翻书查书，熬夜码字，几次欲停难停、骑虎难下，真是个忧乐交加的随笔岁月。文章写得烂，难得朋友们心理承受力强，不挑食。现在，承诺基本完成了，心情静了，回头一看，又觉得哪有什么忧，全是乐，是"门缝儿"里的朋友和朋友圈里的朋友们给的乐，让我好像找回了当年年轻时的自己，又开始学着写点儿东西。真得谢谢朋友们！

一开始的时候，我曾把写这些随笔说成"种菜"。这也事出有因。若竹在郊区有个别墅，号称常年居住，并开了个小菜地，在网上晒丰收的大南瓜彩照。想到他那悠哉游哉的活法，我羡慕死了。羡慕转化成嫉妒，嫉妒转化成牢骚，牢骚转化成文章，好像许多古人都是如此，我为什么不敢？所以我把写随笔也说成是"种菜"，并在"门缝儿"里发了个打油，曰："读书如耕地，作文即种菜。一日收一棵，朋友圈中卖。品味或不足，自信无公害。赔本赚吆喝，只图心自在。"其实，这分明是有点儿死要面子活受罪！

这几天网上朋友们劝："别停了，接着写吧。"

写这几个月，过了把瘾，挺好。我想：也对，闲着也是闲着，再有题目，写呗，但不承诺而已。我把前段的心情又总结了一首打油，叫《种菜歌》，还想按《诗经》的范儿来打油。杂糅煌煌然的《诗经》和下里巴的打油，这不是瞎搞吗？嘻，玩儿呗。朋友们，请听我的《种菜歌》：

> 耕兮耘兮，畦而种之。灌兮溉矣，惜之护之。
> 忧其旱矣，忧其涝矣。忧其无得，心力瘁矣。
> 纷其花开，蜂蝶飞来。百日之成，冀其硕哉。
> 紫曰茄也，赤曰椒也，韭绿瓜黄，缤纷炫也。
> 筐盛于街，且行且唤。欲购君子，莫争贵贱。
> 羡彼有邻，别墅种菜。不问收成，悠哉游哉。

佛门之外看丹霞烧佛

　　丹霞烧佛，是佛门中一个很著名的故事。《五灯会元》卷五"丹霞天然禅师"条中载，丹霞天然禅师在唐元和年间到洛阳的龙门香山寺，与伏牛和尚为友。一次去洛东的慧林寺，遇天大寒，就把堂上供的木佛拆下来烧火取暖。院主得知，厉声斥责曰："何得烧我木佛？"丹霞天然禅师就用手杖拨那些炭灰，说："吾烧取舍利。"院主曰："木佛何有舍利？"丹霞曰："既无舍利，更取两尊烧。"据说院主听了丹霞的话，当下大悟。

　　信仰佛教的人，对供堂上的佛像是极为尊重的，供香供果，顶礼膜拜，谁敢把它当取暖的木柴烧掉？丹霞就敢。为什么？因为丹霞是佛学大师，按佛学说法，这是"破除世人执外间土木偶像为佛，不见自性佛之弊"①。

　　在世俗的层面，佛教建寺庙、立佛像，某种意义上是为人提供一个修行以及宣示和展示信仰的环境而已。这些木雕的、泥塑的、石刻的佛像，究其实，还是木头、砖泥、石头，并不是佛祖本身。咱是唯物主义者，这点应该好理解。信佛之人进了庙堂，献花献果，烧香磕头，诚心唱经，实际上是把心中对佛教的信仰和对佛祖的崇敬，寄托到了堂上的佛像上，而并不是在对这些木头、砖泥、石头敬礼膜拜。这就是孔夫子讲过的"敬神，如神在"。禅宗历来讲佛即众生，众生即佛。这个佛，乃是指一个人的自性，修行，修的就是这个自性。佛性是慈悲的，天冷，烧点儿木头取暖，有何不可？至于佛祖，那是在咱心中坐着呢。

　　我可不是提倡进庙可以乱拆乱毁，这是宗教的圣地，应该尊敬。我自己进庙，心里能享受一种安静，但从不烧香磕头，从不以布施之名扔银子。我相信丹霞禅师烧佛一事中蕴藏的道理，佛不佛的，本不是花钱的事。佛教本来提倡的就是自食其力，上街托钵行乞，体验人间生活之辛苦，不是坐在庙里收钱。现在有很多和尚在靠信众布施而肥，而且肥得流油。要说花钱，我觉得，倒是庙里该多向社会上的贫苦之人布施些钱才对。

　　社会上常见有些号称行为艺术家的人，跑到街头闹

---

① 　见陈义孝《佛学常见词汇》"丹霞烧佛"条。

市，搞些令常人难以理解的莫名其妙的小事件或怪造型，而且好像理解的人越少，这个行为艺术水平越高。咱不懂艺术，但总觉得丹霞禅师的烧佛，与现代派的行为艺术家们有点像，都是想要表达一种常人不易理解的理念。不过，行为艺术的表演都是精心策划的，不如丹霞禅师是随手拈来，显得真潇洒。

拈花微笑与佛祖传法

　　过去无知，可能是受小说《西游记》的影响，总觉得佛教里最高的佛就是如来佛；后来读书多了点儿，知道了如来佛在佛教里正式称呼是释迦牟尼；后来又知道，中国的佛教是从西土的印度传来，在古佛教历史中有"七佛"之称，释迦牟尼只是其中之一①。不过，传到中国的佛教理论，主要是释迦牟尼这一派，所以中国佛教认释迦牟尼为佛祖。

　　佛祖的职位是通过在职佛祖自选接班人的方式代代传承的。佛门有个"拈花微笑"的典故，就是讲的释迦牟尼选接班人的经过。

---

① 　按《五灯会元》一书所列，在印度古佛教中，释迦牟尼佛之前有六位佛，即：毗婆尸佛、尸弃佛、毗舍浮佛、拘留孙佛、拘那含牟尼佛、迦叶佛（不是指释迦牟尼所传法位的迦叶）。释迦牟尼是第七位佛。

《五灯会元》载："世尊在灵山会上，拈花示众。是时众皆默然，唯迦叶尊者破颜微笑。世尊曰：'吾有正法眼藏，涅槃妙心，实相无相，微妙法门，不立文字，教外别传，付嘱摩诃迦叶。'"就是说，佛祖举起一支金波罗花，众皆默然，只有大徒弟迦叶微笑了。于是，佛祖指定迦叶尊者成为传人[①]。

　　我没有想到，佛教博大精深，佛门人才济济，然而佛祖选人传位这么大的事，竟然如此简单，确实会让我们这些佛门之外的现代俗人摸不着头脑。但也没听说当时众僧们有什么不满，或要求搞民主投票选举，或者要求搞竞争上岗什么的。

　　还有，释迦牟尼说到自己的"正法眼藏"（即正宗理论）时，说这东西是"不立文字，教外别传"，这事也费解。如果说佛教正宗理论本是"不立文字"，那我见到的浩如烟海的佛门经典典籍算什么？还说佛法是在"教外"传承，难道佛教的佛法传承，要到佛门以外去找接班人？

　　我向一位比我懂佛教的朋友提出我的疑问。这位朋友虽不是佛门中人，但阅历丰富，爱琢磨事，常发些"不羁之论"。我估计这事他肯定也琢磨过。朋友故作深沉地说："不必钻研教理论，只要比较当世之事，就可知佛祖做法的道理。"我洗耳恭听，记下他的解释：

---

① 拈花微笑故事，见《五灯会元》卷第一"释迦牟尼佛"条。

一个，释迦牟尼传的是"法"，不是"位"。这个"法"，不等于已经形成文字的"理论"，而是指佛教理论的"真谛"，或用现在的话说是"精髓"。就好像马克思主义，谁能说把马克思的书籍全都看了，就能掌握了马克思主义的真谛和精髓？中国革命历史上，领导人中据说王明读马克思的书最多，但当了掌门，却把革命路线领了个左倒右歪。反而是毛泽东，马克思的书读不多，据说连《资本论》也没读过，却最终领导了马克思主义理论在中国革命实践的第一场成功。原因就在于，毛泽东提出把马克思主义同中国革命的具体实际相结合，这是马克思主义的精髓，是在马克思全部著作的文字中找不到的。这不是靠书读得多，而是要靠悟性。所以说，那个"不立文字"，乃相对而言，是在强调文字的局限性，强调对理论精髓的悟性。

再一个，是"教外别传"。这个教外，不是指佛教宗门之外，而是指宗门内对自己的佛法已经形成的常规理解之外。释迦牟尼认为，佛法理论的传承，必须是在创新和发展中传承。上上下下只会众口一词地重复已知的现任佛祖的认识水平，这就是僵化。思想认识的僵化，只会造成事业的停滞，甚至在与社会不断发生发展的新生事物对抗中无可奈何地遭到失败。这与"不立文字"的意思本是相通的。

朋友说了半天，我的脑子有点儿乱，怕他把自己绕进去。难道佛门里的事与我们现时世俗世界里的事，竟能如此相通？因为我们知道，释迦牟尼是把法位传给了微笑的迦叶，但迦叶后来在佛法上有何创新和发展，还真没看到什么说法。所谓"拈花一笑"的故事，也未见有什么历史学家的严格考证，也没有什么出土文物佐证。但在中国佛教禅宗历史上，五祖弘忍确实将法位传给了六祖慧能，而六祖慧能却只是个在碓房干粗活儿的杂役，而且是个文盲。那首著名的"本来无一物，何处惹尘埃"，其实是请别人帮他写上墙的。那本被禅宗奉为圭臬的《坛经》，其实是他的无稿讲课，弟子整理而成，使得一个文盲却有了一部博大精深的禅门经典流传中国，真是不可思议。

达摩为什么去面壁

按《五灯会元》记载，在佛教传承历史上，是把古印度到释迦牟尼止的七位佛称为"七佛"，把释迦牟尼后的二十八位尊者，即从迦叶尊者传到达摩大师，称为"西天祖师"，而中国的佛教祖师则被称为"东土祖师"。印度佛教第二十八代领袖就是达摩尊者，他来中国传道后，成为中国佛教的第一任祖师，即"初祖"。

达摩大师，本是南天竺国香至王的王子，姓刹帝利，是二十七祖般若多罗尊者赐其法号为菩提达摩。般若多罗尊者曾嘱咐达摩，在自己灭后六十七年，当去中国传道，弘扬佛法。达摩遵嘱而行，于南北朝时期的梁武帝普通七年（公元526年）到达广州。广州刺史报告了梁武帝。武帝下诏迎请至金陵。

梁武帝身为帝王，却笃信佛教，甚至常常自己穿上袈裟去讲佛经。与达摩见面后，武帝问曰："朕即位以来，造寺写经，度僧不可胜纪，有何功德？"达摩曰："并无功德。"帝曰："何以无功德？"达摩曰："此但人天小果有漏之因，如影随形，虽有非实。"帝曰："如何是真功德？"祖曰：'净智妙圆，体自空寂，如是功德，不以世求。"帝又问："如何是圣谛第一义？"祖曰："廓然无圣。"帝曰："对朕者谁？"祖曰："不识。"这番对话，完全出乎武帝意料之外，受此冷言相驳，当然就"话不投机半句多"了。达摩知道这个见面搞砸了，便从南京悄悄离去，渡江北上，到了洛阳，入了北魏地界。以后又转了一年多，传道之事始终不顺，最后到了嵩山少林寺，开始面壁而坐，一坐九年，终日默然。周围人们管他叫"壁观婆罗门"。

据说达摩逝后，葬于熊耳山定林寺。而梁武帝后来了解到达摩确是高僧，深为自己的愚钝后悔，并亲自为达摩祖师撰写了碑文曰："嗟夫！见之不见，逢之不逢，遇之不遇。今之古之，怨之恨之。"[①]

达摩怀揣真经，千里迢迢来到中国，又无可奈何去少林面壁，是千里马没找着伯乐，在中国那么多年，并无多少业绩流传。看来，中国的事，还是要中国人来办。佛教在中国真正大行其道，是国产的禅宗六祖慧能念出"本来无一物，何处惹尘埃"的著名偈句之后。达摩碰到的梁武

---

① 见《碧岩录》卷一"梁武帝问达磨（即达摩）大师"条。

帝，诚心信佛，但佛窍未开，有点儿笨。后来开了点儿窍，后悔之余，那篇碑文写得确实不错！

还有个问题是，为什么达摩说武帝维护佛教做的事都"并无功德"？这句话非常耐人寻味。有一点很容易理解，如果上庙里上几炷香、磕几个头、散几把钱，就能给自己添了功德，那岂不是贪官污吏、强盗匪徒犯了罪，都可以去庙里添功德、赎罪孽了吗？这本功德账，咱老百姓还真不能认。

地藏菩萨与马克思主义

有一句名言："我不下地狱，谁下地狱。"这话说过的人很多，谁第一个说的，查不清，但据说佛教中的地藏菩萨说过。在佛教中，地藏菩萨是地狱的最高长官。

这位菩萨的事迹挺有意思。在《地藏菩萨本愿经》中，释迦牟尼佛介绍地藏菩萨说，他是个"久远劫来，已度，当度，未度，已成就，当成就，未成就"的菩萨，即已经修行到成佛的境界了，本应当是上到佛位了，却自己不愿成佛，仍在菩萨位上工作。因为他在修行过程中曾一再发下誓言：要"为是罪苦六道众生，广设方便，尽令解脱，而我自身，方成佛道"，"若不先度罪苦，令是安乐，得至菩提，我终未愿成佛"。就是说，他要先去救拔所有地狱及三恶道诸罪苦众生，使他们离开地狱和在恶道里的轮回，然后自己才愿成佛。释迦牟尼说，就是为了实现这个誓言。

所以他历经百劫、千劫、万劫、亿劫，但还只是在菩萨位上①。

撇开宗教神鬼这些唯心的东西不谈，只说这位地藏菩萨所发誓言中的逻辑关系，我总觉得，这里透出了一种十分高尚的情操，与宋朝范仲淹名篇《岳阳楼记》中"先天下之忧而忧，后天下之乐而乐"的名句有相通之处；再往大里想，与马克思在《共产党宣言》中的一句名言也有点儿相通，即"无产阶级只有解放全人类，才能最后解放自己"。

这话说得是不是有点儿大了？不见得。人类社会中，人的思想认识发展，并非只有一条途径。马克思主义讲先人后己，讲奉献、见义勇为，佛教或其他思想主义也可以讲。在马克思主义传入中国之前，中国的正直文人不是也在歌颂范仲淹提出的"先天下之忧而忧，后天下之乐而乐"的好思想吗？真正虔诚的佛教徒从佛学修行中不是也出了不少讲先人后己，讲奉献、见义勇为的好和尚吗？人类好思想都有相通之处，可见对佛教文化也不可一笔抹杀。

赵州柏林寺有个净慧法师，现在已经去世了，我看到他 2002 年在香港的一个演讲，其中说过这样一段话："大乘佛教的或者说禅的根本精神，就是一切从利他出发，而不是从自己出发，在利他当中来利益自己。这多少有点儿像马克思主义。马克思主义认为，无产阶级只有在解放全

---

① 见《地藏菩萨本愿经》。

人类的前提下，才能够彻底解放自己。实际上，如果真的做到的话，这也是一种菩萨精神。太虚法师说过，他曾经读过《斯大林传》，读完之后，在书上批了几句话，他说斯大林具有佛教的菩萨精神，只可惜缺少了一点慈悲心，因为他杀人太多。太虚大师说这个话是在抗战期间。他在那个时候就对斯大林做出这样的评价，可以说是'孤明独发'，具有先见之明。"①

你信吗？

---

① 见《禅》杂志2006年第2期。

一副好对联

读清朝梁章钜辑成的《楹联丛话》，有这样一则如下："闻广州郡守署中一联云：'不要钱原非异事；太要好亦是私心。'此所谓深人无浅语也。惜忘却何人所撰。"

这副对联，让我深思良久。对联放在官衙里，显是官员用以自警的。说"不要钱原非异事"，好理解，就是"别贪"！说"太要好亦是私心"，是告诉你"别假"，这个"太"字，藏的就是一个"假"字。这才是剖心剖腹的狠斗私字一闪念。确实是深人无浅语。

献给还在做官的朋友们。

谁说共产党里没有真佛

在佛教修果等级中，最高一层是佛，其次是菩萨，再其次是罗汉，等等。但国人敬佛，却似乎以观音菩萨为最，其知名度要超过更高级的那些"佛"们。

佛教《大悲经》记载，释迦牟尼讲经时告诉大家，观音菩萨其实早就修成了佛，即已于过去无量劫中作佛，号正法明如来。但他为了更方便普度众生，自愿降级为菩萨，所谓"倒驾慈航，入于苦海，随缘赴感，无处不周"，所以与娑婆世界众生最有因缘。

还记得上世纪 60 年代，中国共产党有个老革命先进典型，叫甘祖昌。战争年代出生入死，做到将军；和平年代又自愿回乡甘当农民务农，以实践为人民服务的初衷。这真与观音菩萨的"倒驾慈航"相通，至今想起，令人敬佩。

还有一位杨善洲，他用自己的生命诠释了当今时代真正共产党人的精神内涵。人民日报曾发表长篇通讯《一个共产党人的一辈子》，读后心情久久不能平静。杨善洲在云南省保山地区担任了十一年的地委书记，在风风雨雨的岁月里，他亲眼看到家乡曾经长满大树的大山遭到滥砍滥伐，一点点变秃变荒，遂成为心中的隐痛。他说："我们要还债！要还给下一代人一片森林、一片绿洲！"1988年他退休后，谢绝了领导要他在大城市养老的安排，回到了家乡施甸县大亮山。实践当年的那句庄严诺言，就是他生命最后二十二年的全部奉献。他建立了大亮山林场，率领十几个铁杆追随者种成一千一百二十万棵树，造出了五点六万亩的林海，价值超过三亿元。2009年4月，八十二岁的杨善洲又作出一个惊人的举动，他把大亮山林场的经营管理权无偿移交给国家。他说："这笔财富从一开始就是国家和群众的，我只是代表他们在植树造林。实在干不动了，我只能物归原主。"2010年10月，杨善洲病逝。他的事迹感动了全中国，只因为他真正实践了自己的诺言，给家乡、给中国、给世界奉献了那一片绿色的林海。

半个世纪前，中国共产党里有个甘祖昌将军；半个世纪后，中国共产党里有个种树的杨善洲书记。谁说共产党里没有真佛！

庄子的"忘"的哲学

据说，哲学家们的思维，常常带有逆向而行的特点。颠倒思维定势，有时真琢磨出了一些道理。

庄子是古代哲学家，他留下的《庄子》，又被后人尊为《南华经》。其中在《达生》一篇中，庄老先生讲："忘足，履之适也；忘腰，带之适也；知（智）忘是非，心之适也。"用现在的话讲就是：如果您忘了自己还有一双脚，那说明您的鞋子合适；您忘了自己还有一个腰，那说明您的皮带合适；如果您遇事没有先想想这事对不对，那说明这事是合您心思的。

读到此处，我忽然回想起经历过的那些个"四个念念不忘"的日子。那时候，"阶级斗争年年讲、月月讲、天天讲"，只要看见"当权派"，那是遇鬼斩鬼、遇佛杀佛，统统扫除。在我们革命群众内部，那是天天要"早请示"、

"晚汇报"，隔三差五还要组织吃次"忆苦饭"，唱"天上布满星，月牙儿亮晶晶……"。那时候，不管你是主动的还是被动的，心里是情愿的还是不情愿的，这些荒唐事都不敢不做，否则自己就有可能被跌入"阶级异己分子"的队伍。后来呢？知道都错了，给自己的记忆留下一堆自嘲和内疚。

我理解，庄子讲的这个"忘"，可不是指医学上丢失记忆能力的"健忘症"，也不是指不辨是非、不知好歹、浑浑噩噩、丢三落四的没心没肺。庄子讲的是人的一种精神状态，一种没有焦虑、没有被迫、没有恐惧、没有违心的，自然健康的、理想的精神状态。在现实生活中，这种精神状态是不可能存在的，但在哲学家的理论上，又是可以存在的。从哲学上可以说，被迫不敢忘，或被迫不能忘，都是矛盾还没有解决的心理表现。

再转一个角度。作为社会管理者也应该明白，要有法律、法规、制度、条令、纪律规范人的行为和社会秩序，但不能把人民的日常生活政治化，这并不是个好传统。老百姓要的什么？安居乐业而已。把安居乐业写到社会管理旗帜上，才是真正以民为本。有时候看起来是没讲政治，其实这才是真正的好政治。《列子》中讲："尧治天下五十年，不知天下治欤，不治欤？不知亿兆之愿戴己欤，不愿戴己欤？顾问左右，左右不知。问外朝，外朝不知。问在野，在野不知。尧乃微服游于康衢，闻儿童谣曰：'立我蒸民，莫匪尔极。不识不知，顺帝之则。'"①这里，古人提倡的那种百姓都能自自然然地过着"顺帝之则"，那政治真高明。当然，所谓"不知不识"，就有点儿瞎说、有点儿乌托邦了。人们真的都不知不识，那不成了牧马放羊的牲口圈了吗？

我只是想说，有些事，老百姓忘了、不记得了、不念叨了，可能是好事。

---

① 见《列子·仲尼第四》"尧治"条。

健忘症与不忘症

　　上了年纪后，很长时间以来，我觉得记忆力的衰退是一大苦恼。曾经看过的书，只记得书名，翻开内容，有些竟觉得是初见，不记得看过，但书页上当年自己勾勾画画的重点，痕迹都在。做事情，今天嘱咐自己明天要做的事，一觉醒来，脑中一干二净，别人一提醒，只好"恍然大悟"一回。有个笑话，说有个老人听人说了个笑话，哈哈大笑，笑到一半儿，忽然发现忘了因为什么笑了。年轻人听了这笑话，笑得那叫一个痛快，我听了却觉得有点儿苦涩。

　　医家讲，记忆力衰退属于自然的生理变化，健忘症才是病。这也宽慰不了我的心，记忆力衰退厉害了，前途还不就是健忘症？所以我常告诫自己，身体懒点儿咱不怕，脑子还是勤快一些，避免那个可怕的前途。

　　在《列子·周穆王第三》里，我看到一个故事。前半段是这样的，说宋国阳里的华子中年就得了健忘症，"朝取而夕忘，夕与而朝忘；在途则忘行，在室则忘坐；今不识先，后不识今"，全家人为之发愁，又请医生，又请跳大神儿的，都治不了。后来来了个鲁国的高人，自称能治。家人说，若能治好，情愿赠一半家产为谢。怎么治的呢？说是"露之，而求衣；饥之，而求食；幽之，而求明"，即不给他穿衣服，冻他，让他主动求人要衣服；不给他吃饭，饿他，让他主动求人要饭吃；关他到小黑屋子里，让他主动求人放他出去见太阳。这样过了一段时间，这位鲁国高人又让所有人都避开，单独与他处了七天，我估计是再做灌点儿"心灵鸡汤"一类的工作吧。结果真就成功了，恢复记性了，"积年之疾一朝都除"，所有人自然皆大欢喜。

可这故事还有个后半段呢，恐怕一般人都难猜。这位见自己病好了，却勃然大怒，怨恨家人，把妻子休回娘家去，把儿子暴打一顿，操起菜刀把那位鲁国高人赶得抱头鼠窜而去。他说什么？"曩吾忘也，荡荡然不觉天地之有无。今顿识既往，数十年来存亡、得失、哀乐、好恶，扰扰万绪起矣"。即过去我不记事，胸中空空荡荡，天地都不用分别（痛快！）。现在可好，几十年来的存与亡、得与失、哀与乐、好与恶，千头万绪，全想起来了，把我的心弄得乱七八糟。"吾心如此也，须臾之忘，可复得乎"？即这样下云，什么事也忘不了，我的心总是这样乱七八糟，怎么得了哎！

我琢磨，这故事里有点儿生活哲理。健忘症，是病，而真要什么事都忘不掉，恐怕也是一种病，可以叫"不忘症"，也不是什么好事。人生在世，要经历多少喜怒哀乐、悲欢离合、荣辱得失，遇人有善恶恩仇，事业有顺逆成败，身份有高高低低，婚姻有分分合合，都装在心里，念念不忘，这人活得多累！盘点一下我们的记忆，如果我们记住的大部分是好事、高兴的事，那这个人在生活中必是一个达观乐观、与人为善，人人都愿意交往的"喜兴人"。如果我们记住的大部分是悲伤、受辱、仇怨、失败、倒霉、破裂，可想而知，那这人处世处事、待人接物，必定总是满腔仇恨、满腹牢骚。你愿意当个这样的人吗？你愿意身边的人是这样的吗？

健忘症不好，不忘症也不好。人们常把过去的事称为"过眼烟云"，这话说得好，因为这样，你才会生活得更快乐。想想《列子》中的这个故事，我有点儿不那么怕记忆力退步了。

云在青天水在瓶

　　唐朝时有个朗州刺史叫李翱[①]，是个著名的居士。他去拜见当时禅宗传人的名僧药山惟俨禅师。

　　李翱问老和尚："什么是（佛）道？"老和尚只说了一句："云在青天水在瓶。"李翱当下大悟[②]。

　　后来还传出了一首诗，有人说是李翱写的，有人说是惟俨法师写的，诗云："练得身形似鹤形，千株松下两函经[③]。我来问道无余说，云在青天水在瓶。"

　　何谓"云在青天水在瓶"？历来解释纷纭，并无确论。

① 李翱（772—844），字习之，陇西成纪人。进士出身，师事韩愈，协助推行古文运动。曾任谏议大夫、知制诰，中书舍人，郑州、桂州等地刺史，刑部侍郎、户部侍郎及山南东道节度使等。《旧唐书》《新唐书》均有传。
② 李翱参见惟俨法师故事，见《五灯会元》卷第五"刺史李翱居士"条。
③ 两函经：历史上对"两函经"究竟何所指，并无通解。有说是指"两卷经"，即净土三部经中佛说无量寿经之异名。

我自己理解，这是讲人应持的生存态度。"云在青天"，是指内在的人心，心态、心境，应该如云在青天，无拘无束，不污不染，如婴如孩也。"水在瓶"，则是指人外化行为，应该随遇而安，随机顺变，瓶方则方，瓶圆则圆。这就是佛家面对烦嚣社会的生存态度。

《旧唐书》中说李翱为官，"性格耿直，议论无所避忌"，得罪过不少权贵，因此"仕不得显官"。从我们俗人的角度看，惟俨法师的话，可能对李翱也是一种规劝吧。陶渊明有诗曰："结庐在人境，而无车马喧。问君何能尔，心远地自偏。采菊东篱下，悠然见南山。山气日夕佳，飞鸟相与还。此中有真意，欲辨已忘言。"这诗与"云在青天水在瓶"不也是相通的吗？

老僧闲

　　宋朝有个志芝和尚，居隐庐山归宗寺，有《金轮峰》一诗曰："千峰顶上一间屋，老僧半间云半间。夜晚云随风雨去，到头不似老僧闲。"[①]

　　我特别喜欢这首诗里的"闲"字，并因此觉得这首诗耐人寻味。

　　志芝和尚在寺中修行，要学经念经，冥思苦虑，要种地种菜，自食其力，但遥望金轮峰上自舒自卷、绝对无事可做的那数朵白云，做诗不说和尚修行是个苦差，却说老僧比白云们还要闲。

　　我体会，这诗里的一间屋，并不是指遮风避雨的茅棚

---

① 诗引自岙丕谟编《佛诗三百首》。志芝和尚为宋朝临江人，是临济宗禅师，居隐庐山山南的归宗寺。东晋咸康年间，时任江州刺史的王羲之在此建一别墅，后赠与僧人，改建为归宗寺。寺中可遥望金轮峰。

瓦舍，而是老僧的心境吧。闲，与修行境界的"空"是相联通的。身体可以该干啥干啥，而心却可以修行进入一个"闲"的境界、"空"的境界。朵朵白云，悠哉游哉，看上去好像是个闲，但它的闲还只是被动的闲，还要随风雨来去，不得自主。老僧的心，那才是真闲：不是身体不劳不动的闲，而是一种自主的心境的闲，是心境不会为任何俗人俗事所动的闲。

咱不是佛门中人，对佛门语言的理解，当然只是在门外瞎猜，不得要领。我知道，这诗里讲的"闲"和佛教中讲的"空"，本义并非只是我说的什么情绪上的心境，那是要讲人的佛性，讲什么"性空"的。但我喜欢这首诗，却只能从一个"俗人"的理解出发，来讲自己喜欢的那个心境上的"闲"。我是想到过去上班工作时疲于奔命，常常苦恼于不得闲，后来退休了，可以真的闲下来了，但还有点儿悟不透这个"闲"究竟应该是什么样子的，是被动的"闲"，还是真心实意的主动的"闲"？怎么样生活才是真正的闲？这事还真值得琢磨琢磨。读了这首诗，检点自己内心，发现还是喜欢有一个主动的"老僧闲"的心境。

"胡说八道"文化内涵的猜想

胡说八道，是口语，态度不恭，几近骂人。那么本意呢？不知道，那就查。查了《辞海》《汉语成语考释词典》，均未收。估计编者都认为太俗，属于"不入流"吧。

我却有些猜想："胡说"，本意应是"胡人所说"。这里的"胡"，是古代人对北方和西北少数民族的泛称。昔赵武灵王"胡服骑射"改革时，这个"胡"字满含褒义。后千年民族间血腥战争均以少数民族文化被汉文化同化为主流，因而民间也渐多有"大汉族主义"作怪，特别在民俗语言文化上，常显现出轻视少数民族的现象，变成说一件事不正确，不值得相信，就讽刺说"你这是胡人说的"。当然，现代语言中已经不应该有，也确实基本没有这个意思了。

"八道"，是"八正道"的缩略，佛教用语。佛教有《八正道经》。查《佛学大词典》，"八正道"一曰正见；二曰正思惟；三曰正语；四曰正业；五曰正命；六曰正精进；七曰正念；八曰正定。总意是教人离偏邪，修正道。

"胡说"加上"八道"成了一个词,等于说:你说的这话、这事，好像没文化的粗人偏要讲解佛家经典道理一样，不能信!

要这么看，这个词现在说有些粗野，而其本意，在古代，还挺文的。

以上这些想法，在给朋友们发了微信后，朋友李宝柱先生又给我发了个续考。宝柱兄的考证功夫极深，我佩服。

他讲，"胡说八道"这个词儿在明清乃至民国小说中常见，《雍正剑侠图》中就可查到十七处。与"胡说八道"意近的词儿，还有"胡说"和"胡说乱道"等。这些词儿连皇帝们也用。如南宋孝宗曾言:"秀才醉了胡说乱道，何罪之有?"雍正皇帝亦曾将"胡说"入御批,《大义觉迷录·雍正上谕》中即载有雍正朱批为"胡说,溺职之极"。

宝柱兄还讲，"胡说八道"一词，有可能是从《大藏经》中"胡言汉语"一词演变而来,本意确实应该是指"胡人语言"。该词在《大藏经》中，凡十见，如"胡言汉语，动辄是此非他"、"胡言汉语，指东画西"、"胡言汉语凭谁会，铁头铜额也皱眉"、"胡言汉语，翻译失真"、"一个说长说短，一个胡言汉语"等。这里面的本意是指将胡人语言翻译为汉语很难精确，如果再胡乱发挥，把这种作派用于演说佛门八道，不就成了"胡说八道"吗？

　　以上猜想和宝柱兄的"考证"，不知对也不对，求证方家朋友。反正我们自己也是在微信中聊天儿，信口开河，"胡说八道"。

布袋和尚的智慧

许多人知道佛门有个布袋和尚。《五灯会元》卷第二有一项为《西天东土应化圣贤》,这项下有"明州布袋和尚"一条,详细记载了这个和尚的事迹。

书中说,这个和尚"形裁腲脮,蹙额皤腹,出语无定,寝卧随处"。翻成现代汉语,就是窝里窝囊、邋里邋遢,皱着眉头、挺着大肚,说话不着调,随地躺下就睡。还说他天天背根要饭的打狗棒,挑着一个破布口袋和一卷破席子,在街里要饭。不管要到什么,吃几口,还要向袋子中存一点儿。

书中还讲了三个有趣的小故事:

1. 一日,有个僧人在他前面走着,他上去便拍人家肩膀。那僧人一回头,他说:"给我一文钱。"那个僧人说:"你要能说出什么是佛,我就给你一文钱。"布袋和尚立刻放下布袋，叉手而立。

2. 布袋和尚成天背着个破布口袋。有个白鹿和尚就问他："布袋是什么？"他不说话，却立即放下了布袋。又问他："布袋里面是什么？"他依然不说话，却把布袋背起就走。

3. 布袋和尚站在路中间不动。有个僧人问他："和尚在这里干什么？"他说："等个人。"那僧人逗他说："这不是我来了吗？"布袋和尚说："你不是这个人。"再问他："谁才是你等的那个人？"布袋和尚却说："给我一文钱！"

初看这三个小故事，总觉得有点儿前言不搭后语，好像问答之间，谁和谁都不搭界。寻思许久，不得要领。佛教界咱没有熟人，就去问一个读过些佛书的朋友。朋友告诉我，这三个小故事，其实都是和尚之间在进行理论辩论，在互相考校悟道水平，句句暗藏哲理，暗藏机锋，精彩绝伦。佛门之外的人，难以明白真谛，但有些浅层次的道理可以悟到一点儿。

第一个：布袋和尚拍僧人肩膀要钱，这就是开始盘道的挑战。僧人问什么是佛，布袋和尚立刻放下布袋，叉手而立，就是在回答：能"放下"，才是佛。禅宗修行，以"性空"为本，就是要求精神上能放下世俗一切累赘，才能修到那个"空"。布袋和尚一语中的。

第二个：僧人问布袋是什么，布袋和尚立即放下布袋，是在回答：是世人应该放下的东西。再问他布袋里面是什么，他背起就走，是在说：该放下的东西不是在布袋里，而是在人的心里！短短两次对话，在理论上已经是由浅而深，再上层楼，真是精彩。

第三个：僧人问他在干什么，他说在等人，意思是在等待可度的有缘人。当那僧人追问谁才是你等的那个人时，他只说"给我一文钱"，其实是在讲：只有能"舍得"、"能放下"的人，才是我要度的人。

朋友讲得十分认真，我听得还是似懂非懂，但确实触动了一些思考。只说"放下"这两个字，联想到一生经历过的人和事，就挺值得琢磨琢磨，反思反思。

朋友还告诉我说："你看，这个布袋和尚在佛门中的地位可不一般。《五灯会元》里列了一千七百多位佛门圣贤大德的小传，大都是按师承宗派次序排列的，而布袋和尚则是放在'西天东土应化圣贤'这一项里，不入禅宗在中国的师承宗派。这是因为，佛门中认为布袋和尚本是弥勒佛，是化身布袋和尚来中国传道度人，也有点'不远万里来到中国'的意思，不简单！"

"释迦牟尼"是什么意思？

　　有朋友发微信问我："请教，为什么叫'释迦牟尼'？"这"请教"俩字把我得意够呛。

　　谁都知道释迦牟尼是佛教的教祖，我明白，但这事儿人家也明白。"释迦牟尼"这是四个中国字，由音译而来，明显人家是在问我读"释迦牟尼"这四个音的印度原文的意思。只好去查，查《佛学大辞典》，有"释迦牟尼"条，那上面先写的是"佛名"二字，然后是一串外国字母，也不知是古印度语或是什么梵文、吐火罗文的，但可知这四个汉字确是音译而来，再往后就是介绍释迦牟尼的履历。我有些失望，只好告诉朋友，这就是佛的名字而已。

　　事后越想越不对劲儿。既然是音译，那古印度时这些字也可以有其意义呀。比如说，中国人姓赵，外国人问什么意思，我们深的说不清，但起码可以说古代有个赵国，就能蒙过去；中国人名叫建国，外国人问什么意思，我们可以说，他是 1949 年中华人民共和国成立时生的，这也八九不离十。那么印度的"释迦牟尼"四个字，也应该有本义。这还真是个问题。人家拿咱当有学问的人来问，咱总得表现得更负责任一点儿，况且自己也想再长点儿知识。想到这儿，又继续查，《佛学大辞典》果然还有"释迦氏姓"一条。词条解释中说："释迦者，姓也，为刹帝利种之一族，本称为瞿昙氏，后分族而称释迦氏"，"释迦，译曰能。能者，能力也"；"牟尼者，译言寂、寂嘿，又译仁、忍、满、儒等。"真不容易，今天长学问了。

这只是一件小事，但要谢谢那位朋友的不耻下问。如今像我这样摇头晃脑、说佛装雅，其实并非真懂、并未真学的半瓶子货特多，可能有相当一部分人也只知释迦牟尼是佛，不知"释迦牟尼"四字本义为何。自叹浅薄呀！干脆，就把这事儿发到微信上，让其他我这一类的人也长点儿学问。

"有什么歇不得处？"

苏轼《东坡志林》一书中，有《记游松风亭》一文如下："余尝寓居惠州嘉祐寺，纵步松风亭下。足力疲乏，思欲就亭止息。望亭宇尚在木末，意谓是如何得到？良久，忽曰：'此间有甚么歇不得处？'由是如挂钩之鱼，忽得解脱。若人悟此，虽兵阵相接，鼓声如雷霆，进则死敌，退则死法，当恁么时也不妨熟歇。"

这是东坡先生的一则随笔，平白易懂，读来十分亲切。

这么一件小事，于东坡先生却觉得值得记载下来，其中必有值得我们去"悟"的地方。但是人爬山走累了，就不妨歇歇，这个也要悟吗？你看他有所悟时的心情，是"如挂钩之鱼，忽得解脱"，说得那么兴奋、那么如释重负、那么豁然开朗、那么洋洋得意，所悟岂止在爬山？

我想，东坡先生写的是爬山，悟的其实是人生。

东坡先生文章誉满天下，但政治上却抱负难伸。他的一生，在宦海中起起落落，沉沉浮浮。皇上重用时，代圣立言，朝臣仰止；一旦失势，一贬再贬，发配天涯海角。这仕途的荣辱得失，带给内心的酸甜苦辣，造成精神上的累累创伤，东坡先生是真累！累了，就需要解脱。如何解脱？东坡先生爬山时悟到了，那就是一个"歇"字，"虽兵阵相接，鼓声如雷霆，进则死敌，退则死法"，就这样的时候，也不妨"熟歇"一会儿。

东坡先生所悟的这个"歇"字，是不是有点儿消极？我却不这样认为。把人生比作爬山，确有道理。一般来说，人生在事业上的追求，特别是人生的前半段，大都是朝着心目中一个"光辉的顶点"努力攀登。后来呢，有的人登顶了，是英雄；有的人登不上去，放弃了，则自认平庸。如果有人真没能力登上去，却非要不甘平庸，非要执着苦登，那就只有"过劳死"了。要知道，人生事业上的爬山，本不是人人都能登顶的，山顶上放不下那么多人，那怎么办？要更加深刻认识和反思自己，敢于有所放弃，敢于承认"不成功"。长江后浪推前浪，自己年纪大了，精力能力有限，那就礼让后浪，该歇就歇歇吧。东坡先生一句"有甚么歇不得处"，给我们一个人生观的哲学解脱。

《东坡志林》，署名苏轼著，实乃坡翁生前一批笔记材料为后人纂集而成。我爱读东坡文章，感叹此老后半生坎坷路程，常常掩卷太息再三。《菜根谭》中有云："文章做

到极处，无有他奇，只是恰好；人品做到极处，无有他异，
只是本然。"东坡先生是也。

关于"碰响头"的科技猜想

"碰响头"者，就是磕头时要磕得让人听见响声。《清朝野史大观》卷四中有"碰响头"一条，记清宫中事曰："凡大臣被召见，恩命尤笃，或纶音及其祖父，则须碰响头，须声彻御前，乃为至敬。然必须重赂内监，指示向来碰头之处，叩头声蓬蓬然若击鼓矣，且不至大痛。否则叩至头肿如瓠，亦不响也。"

宫中的事，多有秘而不宣者。野史所载，未必是真，但也未必不真。如果这事是真的，那就太令人惊叹了。

封建伦理以"三纲五常"为支柱，其中一个重要的实践形式，即尊卑长幼之间以下跪叩头为礼数。贵为皇帝，每天接受的磕头之多，应该是全国无人能比的了。这磕头的响度，是臣下对皇帝恭敬程度的标志性指标，事关能否讨得龙颜大悦，事关顶上纱帽和宦途前程，可不是小事！

皇宫大殿是所谓的"金砖铺就",官员磕头之时,居然在不同的地方磕头,响声还有不同,而且有个专门的地方,能"叩头声蓬蓬然若击鼓矣,且不至大痛"。更关键的是,这个能把头磕出蓬蓬鼓声的地方,还只有内殿太监们知道,要行重贿才能指点给你。

呜呼!在这封建最高庙堂之上,想磕个头敬个礼,也可以搞出腐败行贿来。这个封建的腐败,真是登峰造极矣。

再进一步想想,这个在不同的地方磕头响度不同,可不像是建筑质量问题,很有可能是建筑学上的声学效果的特殊设计。比如天坛有个"三音石",位于皇穹宇殿门外的轴线甬路上。站在石上面向殿内击掌、跺脚时,不仅回声格外大,且可以自动回声三次。还有个"回音壁",长二百米,在这头儿的人轻声细语,在那头儿的人却能清晰入耳。这两个现象,科学家已经证明是建筑科学造出的奇迹。那么故宫大殿里这个可以使磕头声如鼓声蓬蓬的最佳磕头处呢,也极有可能隐藏了一个古代科技成果的重大线索,惜乎尚未引起有关文物部门和科技专家的关注。因此,我建议急应派员对这一现象调查考证,科学研究,并盼早出成果。那时故宫大殿上的解说牌会更有现代科技含量,多好!读此文的朋友们以为然否?

从要饭说到读书

扛着根竹竿，端着个破碗，满大街乞食，我们管这个叫"要饭"。但和尚要饭，却叫"化缘"，而且是佛门修行生活的一个制度，即使是佛祖释迦牟尼，也要化缘。

《金刚经》云，"尔时，世尊食时，著衣持钵，入舍卫大城乞食。于其城中次第乞已，还至本处"。圆瑛法师在其所著《金刚般若波罗密经讲义》中对这一段解释说：乞食者，佛制比丘，循方乞食，可以折伏贪慢，清净自活，此自利也；能令布施得益，为世福田，此利他也。……次第乞者，不分贫富贵贱净秽之家，等心行乞……不论有缘无缘，乞至七家则已，又或乞足则已。此等乞之法，乃如来内证平等理，外不见有贫富相，慈无偏利，可离疑谤。

可见，佛门要饭是规定的行为，也有要饭的理论。佛教认为，要饭是件"自利利他"的好事，不在于家里庙里缺不缺粮食。你看，要饭必须对人折腰伸手，这有利于云除自己的贪傲之心，养成自食其力的精神；施舍的人，则为此积了福德，可得福报；要饭时不得挑贫捡富，是培养了僧人的平等观念；一次只要七家，则是体现佛门节欲知足的思想。所谓"有百利而无一害"也。

以上解释是宗教的，不必要求人人都信，但我却觉得可以把这个"要饭理论"扩展开去思考。人都要吃饭穿衣以养身体，还要读书学习以养精神。这一切，哪一件是从娘胎中带来的？从小都要仰仗父母供给、国家爱护、朋友帮助，成人并形成一定能力之后，才靠自己劳动换得。由此观之，人的成长，就无不是从向他人索取开始的，这就是一种"要饭"，是"行乞"。既是行乞，就不应该自大傲慢、贪得无厌、挑肥拣瘦、嫌贫爱富。特别是读书，要有要饭的人那种"如饥似渴"的心，从易到难，循序渐进，从基本到庞杂，从好书到内容有各种问题的书，善于吃到肚子里去，在消化的过程中取其精华、去其糟粕，成为对自己有用的知识和精神力量。常言道"开卷有益"，就是这个道理。

多说一句，现在中国的佛教界，僧人每天出门行乞要饭的规定早就没了，庙产中早已没有可自耕自食的田地了。经济生活所依，是国家拨款，是社会捐献，是庙中那堂而皇之的"功德箱"。而且，这几项经济来源，已足以使僧人们生活得更滋润，更现代化。佛祖关于"行乞"的要求与理论，不见人再说了。这算是抛弃了，还是放弃了，抑或改革了？不得而知。

上殿放屁遭贬

今日周末，法定休息。选则笑话，给朋友们通肠顺气。

中国古代有本笑话书叫《笑赞》，其中载：宋朝某官邵篪，上殿泄气，降为知州。邵胡须上卷，时人称为"泄气狮子"。

这个故事讲得挺平静的，但细细想开去时，还越想越有意思。屁乃人生之气，也是人生一种无可奈何之事。俗话说"管天管地，管不了拉屎放屁"，就是说，屁是可以放的，但放屁之事不雅，要有礼貌二字管着。一般来讲，面对尊长，一旦发生有气欲放的感觉，要尽量先躲到一边去，实在躲不及，那就尽量悠悠地、细细地、悄悄地放它出来。

可是这位邵篪大人干的事，却是把屁放到了金殿之上，那可不是一般失礼的事了。您想想，天子威严高坐，殿内鸦雀无声，邵大人正进前汇报，臀后突然"呼"出一声雷，定会使人以为这是有刺客扔了个手榴弹。皇上龙颜大惊，勃然失色，哆嗦不已；御前侍卫拔刀冲上，护住四周；文武百官两股战战，手足无措……您说，这不等于把天捅了一个大窟窿么？罪莫大焉哪！

我觉得，邵篪还算遇上了一个开明的皇帝，制造了这么一个大事件，最后还是得到了皇帝相当的谅解，保住了脑袋，降级处理而已。但这件事告诉我们一个道理：屁可以放，不能乱放，特别是面对前辈、长官和皇上。如果有屁乱放，邵篪就是榜样，到时可别喊冤枉。

黑色幽默的断头故事

读蒲松龄《聊斋志异》，卷四中有一篇《诸城某甲》，觉得堪称"黑色幽默"，录如下："（山东诸城）某甲，值流寇乱，被杀，首坠胸前。寇退，家人得尸，将舁瘗之，闻其气缕缕然，审视之，咽不断者盈指。遂扶其头，荷之以归。经一昼夜能呻，以匕箸稍哺饮食，半年竟愈。又十余年，与二三人聚谈。或作一解颐语，众为哄堂，甲亦鼓掌。一俯仰间，刀痕暴裂，头堕血流。共视之，已死。"

蒲松龄对此评论说："一笑头落，此千古第一大笑也。"可见蒲松龄写这篇故事时，是当成一个笑话来写的。这种内容的笑话，没有直接引人发笑的矛盾和包袱儿，只有阴冷突然的扭曲与突变，在现代幽默文学之中，应该属于冷笑话，即"黑色幽默"。

我还看过一则类似的古代讲断头故事的，说起来也可以算"黑色幽默"。晋朝干宝《搜神记》卷十一中有"贾雍"一条，记载曰："汉武时，苍梧贾雍为豫章太守，有神术。出界讨贼，为贼所杀，失头，上马回营中，咸走来视雍。雍胸中语曰：'战不利，为贼所伤。诸君视有头佳乎，无头佳乎？'吏涕泣曰：'有头佳。'雍曰：'不然，无头亦佳！'言毕，倒地而死。"

　　两则故事，都讲断头，都有幽默，都带黑色。蒲松老的"一笑头落"，纯属茶余饭后的侃大山，迹近无聊。我更欣赏《搜神记》中的那位无头将军，在战斗中被杀，头颅已落，身躯却还能凭一腔忠勇之气支撑，上马回营，还问部属"有头佳乎，无头佳乎"。听人说有头为佳后，他居然不同意，说："不然，无头亦佳！"就这一句话，读后确让人气血贲张，其形其神，豪气干云；其言其行，石破天惊。我太敬佩这位将军了！但是，难道人头都没了，靠胸腔什么的还能说话？我说："哦，只顾得感动，忘了质疑了！"

六一节献给天下老顽童、老顽婆们

今天是六一儿童节。大家过节好！

朋友告诉我，《圣经》里说："你们如果不回转，变成小孩子的样子，就一定不得进天国。"我想，传这话的人可能是洋人，也可能是海归。在中国的传统文化中，实际上是非常推崇婴儿之心的。

中国的圣人怎么说？我读过朱谦之先生《老子校释》一书。老子在《道德经》第十章中提倡"能婴儿"，说"专气致柔，能如婴儿"，即如果能把自己的精气高度聚结一体，看起来柔得像一个婴儿一样，这样的力量是无人能敌的。又在第二十八章中说："知其雄，守其雌，为天下溪。为天下溪，常德不离，复归于婴儿。"这里"溪"字引申为古代的"奴仆"之意。就是说，人要强大，但要心守谦虚，甘做天下公仆，像个婴儿。又在第五十五章中说："含德之厚,比于赤子",是夸赞人德行高尚,就像个小孩子一样。

佛教也是如此。佛怎么说?佛教修行中专门有一个"婴儿行"。据《佛学大辞典》"婴儿行"一条解释,这是《涅槃经》里列的五种修行之一,说"婴儿行有二种:一者自利,二者利他。若论自利,从喻为名,行离分别,如彼婴儿,无所办了,名婴儿行。若论利他,从所化为名。如经中说:凡夫二乘,始行菩萨,有似婴儿,化此婴儿,名婴儿行"。即一方面是说,修行就是要修得像婴儿,眼中一切平等;另一方面是说,修到菩萨时,那时的善心就像婴儿那样了。

上面引的这些东西,要说理论,自己确实似懂非懂,但对婴儿之心的推崇,却很是了然。这些古贤大德或宗教圣人们,在推行教化时为什么都爱拿孩子们说事?我觉得有道理。一是婴儿的心最干净。社会物欲泛滥,人心浇薄,自欺欺人,触目皆脏。因此,圣人们要提倡净人净心,最好的榜样就是"婴儿"。二是婴儿最"无公害"。社会上人与人之间,太多的尔虞我诈,坑蒙拐骗,损人利己,强权霸道。圣人们要推广和平和谐,最好的榜样也是"婴儿"。从某种意义上说,我希望社会人心"婴儿化"。

什么叫"食斋"

　　佛门之外的人，好像人人都都知道，入了佛门，就要"食斋"。什么叫食斋？要在马路上调查，可能百分之九十的人都会说："就是吃素呗。"没准儿还有人斜您一眼，鼻子哼一声，意思是：这谁不知道！

　　但我要告诉您，这说法还真不对。当然，我也是查了书才晓得的。《佛学大辞典》中有"斋食"一条，标明这是佛教的专门术语，意为"过午时不食，谓午前中之食也。斋非就食体而云，就食时而云也"。

　　由此可知，"斋"是个佛教术语，又称"时"，是按时吃药的那个"时"，指佛门对吃饭时间的一种规定，即只准午前至中午吃饭。过了午时，便不可食。这与吃的饭是荤是素无关。而且，这也是一条戒律，曰："时食若午时，日影过一发一瞬，即是非时。"即中午以后再食，那都叫

"非时"。这条规定对出家人来说，是应该严格遵守的。对信奉佛教但在家修行的人，只要愿意持"八斋戒"，也要遵而行之。辞典中还特别说明，所谓"禁肉类"云云，"非关于斋之本义"。

佛门斋食的目的，《佛学大辞典》另有一条"斋戒"解释说，是因为这方法有"清心之不净"之功。佛门斋、戒一体（斋也是一种戒），所谓"清心之不净谓之斋，禁身之过非谓之戒。或曰：洗心曰斋，防患曰戒"。这就是说，过午不食，是为了心的"净"。我理解，心的"净"与"静"是相通的。要修行，首先心要净和静。从中午以后到第二天早上，要有十七八个小时，可以长时间保持专心安静的修心、修行状态，不会被该吃晚饭了、该吃夜宵了等等念头打断。而且，饥饿这个事，世人认为是苦，修行的人却提倡在这种受苦状态下去体会佛门的慈悲心境，以为有助于修行，这也是有道理的。

有人会问了，那吃素是怎么回事儿呢？吃素，简单地说就是不肉食，源于佛门戒律之首的戒杀。佛家认为，人与其他动物都是生命，出家人吃动物，便与杀生同罪。这点没有什么歧义。

以上可见，斋，是对吃饭时间的规定，属于"斋戒"；吃素，是对吃饭内容的规定，属于"杀生戒"，两者本非一回事。这些事，老百姓在生活中如何理解和表达还无所谓，但我发现，有些现代的辞书已经把"斋"这个词解释为"正午以前的饭食"和"蔬食"两义了。把佛教教规中对吃饭时间的规定与吃饭内容的规定混为一谈，恐怕是有些毛病。

郑板桥真善人也

说起郑板桥，国人几乎无不知晓，诗、书、画三绝，"扬州八怪"之首，一句"难得糊涂"，全民承教。近再读《郑板桥集》中的板桥家书，深深打动我心者，却是他有一颗至实至诚的善心。

郑板桥任潍县县令，孩子并未随任。儿子六岁时，到了就学年龄，他在《潍县署中与舍弟墨第三书》中写道：自己虽然只是个"微官"，但在老家，孩子就算"富贵子弟"了。富贵人家是请先生来家教书，一般都还有几个贫贱家庭孩子附从读书。而往往到最后，"立学有成者，多出于附从贫贱之家"。所以，希望附从自己孩子读书的贫贱孩子能学有成就，自己孩子是否学成，可以"置之不论"。也正因为如此，则孩子必须要善待老师、同学。称呼人要用先生、某兄的尊称；要常馈赠些笔墨纸砚学习用品给同学；见有同学因穷真买不起写字纸的，要装作无意中送给他，莫伤孩子自尊心；放学时如遇阴雨天，要留同学吃饭，并且走时要送人家一双旧鞋穿走，因为穷人孩子上学来总要穿最好的鞋袜，回去时路上泥泞便舍不得穿；对老师要尊之敬之，即使学问不是最好的，也不得暗笑其非或明指其误，而要学其所长，即使确实不能胜任，下一年辞退了，则"年内之礼节尊崇，必不可废"。

世人眼中，板桥先生是何等狂傲之人，读板桥家书，却不由惊呼这是一个多么善良慈祥的老人，一个大善人。爱自己的孩子，但教育孩子是首先要学会尊敬老师，爱护同学，慈善助人。爱自己的孩子，但对孩子的人生前途，却能客观冷静，实事求是。他在前一封家书即《潍县署中与舍弟墨第二书》中，还对弟弟说过："我不在家，儿子便是你管束。要须长其忠厚之情，驱其残忍之性，不得以为犹子而姑纵惜也"，"读书中举中进士作官，此是小事，第一要明理作个好人。"

现在有多少家长是在这样教育和对待自己的宝贝孩子呢？

抬杠——佛门真的不杀生吗？

地球人都知道，佛门禁止杀害人畜等一切有情之生命，即禁止杀生，将其列在"十恶业"之中。佛门戒条中，第一条就是禁止杀生。

我外行，但有点儿抬杠：和尚走路踩死个蚂蚁算不算杀生？人家说：不算。按《佛学大辞典》"杀生"条解释："若实是众生，知是众生，发心欲杀而夺其命。……是名杀生罪。"即两个必要条件：一是明知是有情之生命；二是确实动了杀心，有了动机而实行的行为。这与现代刑法对犯罪的规定有些相似。

我又抬杠：《水浒传》梁山一百零八将，武松是个假和尚不说，鲁智深是个正经剃度入了门的真和尚，征战沙场，杀了多少生命，算不算？人家说，这是小说，也不能算铁证。

我又抬杠：《五灯会元》中记载唐朝著名大和尚南泉普愿禅师一件事，说："因东西两堂争猫儿，师遇之，白众曰：'道得即救取猫儿，道不得即斩却也。'众无对，师便斩之。"另一本佛典《碧岩录》中记载此事描述得更生动，曰"泉斩猫儿为两段"。这是佛教中一个著名的"话头"（举事参法），南泉把想说的道理憋在心里，非让小和尚们悟出来，说出来，说不出，便将可爱的小猫一斩两段，这算不算杀生？

　　这一回，和我抬杠的人恐怕也讲不利落了。因为我看《碧岩录》书中对此也只是说什么"穷则变，变则能通"，说南泉是用了偏颇的方法，指示小和尚们自己领悟云云。

　　关于佛门杀生，还有一个故事。南泉普愿禅师有个师兄弟，叫归宗智常禅师。《五灯会元》载，智常禅师在园中除草，一位在寺中讲学的僧人来拜见。忽有一蛇过，智常禅师以锄断之。僧人说："我一直想向您请教，但没想到，您原来是这么一个'粗行沙门'。"禅师说："你粗，我粗？"僧人说："如何是粗？"禅师竖起锄头，说："如何是细？"作斩蛇的姿势。僧人无语了。

　　这个故事解释起来似乎更加验证了佛门亦杀生，虽然我也说不明白，但好像是说，这里斩的，蛇不是蛇，暗指修行中遇到烦恼，一旦产生，须立即斩除。

　　我不是反对佛教戒杀生，这个杠也不能再抬下去了。我猜：杀生之罪，罪在人心，是指动机和效果兼备之下发生的杀生；再者，道理有大小，大道理管小道理。和尚也会碰到"必杀不可"的特别场合，为了大道理，舍弃小道理，即宁愿自己下地狱，也要解救广大人民群众，那就也不妨作一次犯罪式的"自我牺牲"，这更加符合佛教护利人间的根本精神。不知对不，请教各位饱学大德。

说说今日之"放生"

　　我家南边不远就是护城河，天天有人在河边钓鱼取乐。近些年，又常有人来河边开展放生活动,说是"信佛"、"慈悲"，将一袋袋市场购来的鲫鱼或鲤鱼倒入河中。每逢此时，钓鱼的人们就会迅速聚到放鱼的地方，一拥而上抢着抛竿，甚至直接下抄网去捞。然后放生的人大骂钓鱼的人"缺德"，钓鱼的人辩解"你管不着"，场面煞是热闹。有个看客说得逗："这捕鱼的卖给卖鱼的，卖鱼的卖给放生的，放生的再放到河里还给捕鱼的。折腾一圈儿，鱼死了，GDP 上去了。"

　　我查了一下《辞海》，有"放生"一条，解释中只说是"释放鱼鸟等动物"，并没列出在佛教上的意义。例句引的是《列子·说符第八》中的记载："邯郸之民以正月之旦献鸠于简子，简子大悦，厚赏之。客问其故，简子曰：'正旦放生，示有恩也。'"这个简子姓赵，即"搜孤救孤"事件中那个孤儿的孙子，时在晋国主政。他放生了百姓送来贺年的鸠鸟，想以此表示自己有仁爱之心。可见，放生之事其实并非源于佛教。《辞海》的说法是，"后来信佛的人把放生看作是一种善举"。

我国佛门的放生，据《俗语佛源》一书载，最早见于南北朝时期才翻译过来的《金光明经·流水长者子品》，说释迦佛过去世曾为流水长者子，一次他路经一个枯水的池泽，见有上万条鱼被曝晒将死，都是因为恶人为了捕鱼，在源头处截断了水流。长者子即向国王借了象队，到上流用皮囊盛水，倾泻池中，救活了这些鱼。细看这个故事，佛祖的这个最早的"放生"，其实是"救生"，和我们现在生活中看到的买鱼放生还不大一样。书中还说，"中国行放生，当始于隋代天台大师智顗。《佛祖统纪》卷二三载，智顗'买断簄梁，悉罢江上采捕'，让渔人放生在天台山海隅"。我也没有再去考证《俗语佛源》中的这个说法，

但要补充的一点是，《辞海》的解释所引赵简子的事很简略，那个故事还不完整。查《列子》原书，赵简子将鸟放生后，他的一个食客劝他说："民知君之欲放之，故竞而捕之，死者众矣。君如欲生之，不若禁民勿捕。捕而放之，恩过不相补矣。"简子曰："然。"可见，那时就有人提出，你越放，越刺激别人去抓，这是过大于恩的事。这个观点与现代保护环境、保护野生动物的观点如出一辙。

赵简子对这个建议是点头称是的，后来就不这样做了。

　　查了一番资料，我有些感慨。放生源于战国时期，后来在我国的流行，应该与佛教两千年的推广密切相关。但历史上较早的记载，如隋，也是和尚看到江边捕鱼，心怀不忍，就将江边捕鱼工具全买下来，使江边断绝了捕鱼这类的事迹。这些事，做得很自然。但后来、后来、再后来，不知为何，变成了今天这样的买鱼放生。我不怀疑佛门及信佛者们今日放生活动的初衷是"慈悲"、"行善"，是做好事，只是觉得，如果明白了放生的本意原本是"救生"，我们搞慈善行动是不是也应该多做点儿"救生"的慈善，少一些"形式主义"的放生呢？

蒲松龄说"俗不可耐"

《聊斋志异》中有一篇《沂水秀才》，说沂水有个秀才在山里读书，夜里来了两个狐精美女挑逗。一个美女拿出一条题有书法的白绫巾，秀才没搭理；另一个美女拿出一锭银子，秀才立刻拿起放到袖子里了。两美女见状起身而去，笑道："俗不可耐！"

故事讲得不怎么生动，但故事后面，蒲老先生那一段跋记有意思，说与朋友又一起议论世上都有哪些堪称"俗不可耐"的事，共列出十七条，我加上序号，记如下：

1. 对酸俗客；2. 市井人作文语；3. 富贵态状；4. 秀才装名士；5. 旁观谄态；6. 信口谎言不倦；7. 揖坐苦让上下；8. 歪诗文强人观听；9. 财奴哭穷；10. 醉人歪缠；11. 作满洲调；12. 体气若逼人语；13. 市井恶谑；14. 任憨儿登筵抓肴果；15. 假人余威装模样；16. 歪科甲谈诗文；

17.语次频称贵戚。

　　说实话，对我们来说，这十七条里，有的可能掺杂着蒲老等封建文人们的偏见。有些现在看起来，虽然俗些，但还可以忍耐。比如说言行举止有点儿酸态、有点儿粗俗，不见得人就坏；文化不高但聊几句高雅的诗文，为什么就不行？见面客气得有点儿让人烦，那毕竟是好心客气。但有些行为，确实再过一千年也令人不可忍耐。想想自己所见所闻，成天自吹自擂、谎话连篇的人少吗？大款或装大款而阔任性的人少吗？一见领导便快步上前，以摇尾谄媚为能事的人少吗？官员装雅，借写字、出书扬名获利的人少吗？站闹市口故意满口洋文炫嘴的人少吗？穿上制服就敢狐假虎威、欺凌良善的人少吗？还有，说不了几句话，就让你觉得朝中高官都是他亲朋好友，这种人也见过吧？

　　这些"俗不可耐"的现象，是庸俗、低俗、恶俗，我们这些俗人也觉得"不可忍耐"。怎么办？抵制呗！

无事生非说"俗"字

与朋友闲侃，朋友问我："如果我说你文章很俗，你觉得这是褒你还是贬你？"我说："那当然是贬咱家啦。"朋友又问："那如果我说你的文章很通俗呢？"我说："这是说我的文章容易与人交流、为人理解，可能是夸我呢。"朋友来劲儿了，说："看看、看看，同一个'俗'字，意义却是颠倒不同的了。"

然后，我们就去查中国字典之祖《说文解字》，想知道"俗"字的本义究竟如何。书上曰："俗，习也。从人。"没懂！又去查"习"字。书上说："习，数飞也。从羽、从白。"我们就开始琢磨，好像悟出了一点儿意思，反正是猜呗。我猜：所有鸟儿飞翔的时候。都不停地扇动翅膀，是一个不变的姿势，古人就把这种大多数人行为相同的现象叫做"习"。再用"习"来解释"俗"，就是指一个人群、一个部族或一个地域的大多数行为的共同性。大家都这样，这就叫'俗'，后来汉语中才又发展出了"习俗"、"习惯"这样的词儿。所以这个"俗"字，本意无褒无贬，是中性的。当然，也生成了一些确定的贬义词，如"低俗"、"庸俗"、"恶俗"等，那是在前面加上了"低"、"庸"、"恶"这些带贬义的字（当然，"庸"字的历史遭遇可能又是另一个"俗"字，就无暇再去费脑瞎猜了）。

朋友又笑了，说："按这个说法，如果你孩子很聪明，在学校进了聪明孩子的快班，全班 50 人，你孩子考试得了 100 分，可全班有 49 个同学都得了 100 分。一个有学问的人对你说：'你的孩子可真够俗的。'你可别生气，那是夸你孩子呢！"我说："我呸！我还是觉得这人不会说人话，赏他掌嘴若干！"毕竟现在是 21 世纪了。

从东汉许慎编《说文解字》到现在，近两千年了，汉字的发展变化很大，许多字的本义发生了泛化、异化，甚至变得面目全非，这并不奇怪。我码这些字的本意，也就是个无事生非，想告诉朋友们，闲得难受时，翻翻字典，也会找到一些乐趣。

大事、小事、真本事

无事乱翻书。在《列子·仲尼第四》中，我看到这样一则故事：

有个叫公仪伯的人，人们都说他的力量举世无双。周宣王听说后，特地把他请到朝中一看，原来是个形态懦弱之人。宣王疑惑地问："你的力量能有多大？"公仪伯说："我能折断蚂蚱腿儿，我能戳破秋蝉翅儿。"宣王不高兴了，斥责道："我的力气可以撕裂水牛皮，拉住九条牛，还觉得自己力气不够大。你这折断蚂蚱腿儿、戳破秋蝉翅儿的力气，怎么会闻名天下呢？"公仪伯站起身来，说："您问得好，我也就实话实说。我师父商丘子说过，人的真本事，是眼睛能看到别人看不到的东西，出手能做到别人做不到的事。我闻名天下，不在于力气的大小，而在于我发力时可以做到别人做不到的事。"

这个叫公仪伯的人，真够各色的！说到力量，人家都是比大小，他却说要比做到别人做不到的事。但掩卷而思，又觉得其中有哲理。别小看折断蚂蚱腿儿、戳破秋蝉翅儿这种事，对已经被抓在你手里的蚂蚱、秋蝉，那是不难；要是你站在旷天野地，飞过一只蚂蚱、一只秋蝉，你试试，发力便可折断蚂蚱腿儿，戳破秋蝉翅儿，那得是多大本事！

扩而思之：对于一员大将，让他指挥千军万马，攻打敌人阵地，比起让他指挥高射炮，打死空中一只蚊子，哪个难？对于一个大官，让他领导修建一个三峡大坝，比起让他禁止国人随地吐痰，哪个难？这里讲的只是一则寓言，是告诉人们，做事不能只看事情体量之大小，有时候做小事反倒比大事难，做小事比做大事更要有真本事。特别是居官在位者，不要总是"好大喜功"，光想为自己积攒进身之阶，也要多想想怎么做些别人或前任未能解决的小事，做好那些既利国利民，又能消除民怨的"小事"，勿以善小而不为。何况小事也并非易事，不是人人都想做和能做到的。

"寻思去！"

　　朋友亲人，聊天儿侃山，大都真话直说、实话实说，你一言我一语，不必费心互相琢磨。但有时话来自前辈、领导，就需要"听话听音儿"。这似乎是个上不得台面儿，但又十分实用的人生经验。

　　话说禅宗六祖慧能将禅法传给了青原行思和尚，著名的石头希迁和尚当时也在六祖慧能座下修行，但只是个小沙弥。青原行思得传法后，就归住青原去了，石头希迁仍在慧能座下修行。后六祖将示灭（即去世），石头希迁问六祖曰："和尚百年后，希迁未审当依附何人？"六祖只说了一句："寻思去！"①

　　六祖去世后，石头希迁每天默坐着琢磨祖师爷的遗

---

① 见《五灯会元》卷第五"青原行思禅师"条。

言，很长时间想不明白。庙里大和尚问："师父已经不在了，你成天空坐着有什么用？"希迁说："我是在琢磨师父留下的让我寻思的那句话。"大和尚说："你师兄行思和尚现在在吉州，这是让你去寻行思和尚，还不明白？"一石击破水中天，希迁终于明白，"寻思去"就是说"寻青原行思去"。希迁立刻去吉州，拜入青原行思门下，又成了青原行思的徒弟，并最终成为一代名僧。

佛教书籍引人兴趣，有时就在于这种对语言隐义现象的挖掘和欣赏。看上去只是平平淡淡一句，字都认得，但放入前言后语，却就是逻辑扭曲，摸不着头脑。思来想去，一旦琢磨出点儿隐藏的味道，便有"恍然大悟"般的感慨。这才明白。这个"悟"字，确是佛教文化的一大特点。

话说可现实，不是开玩笑：在现实工作中，我们对事业前辈的提点、单位领导的训话，有时也需要悟一悟有没有弦外之音，琢磨琢磨有没有暗指暗示。记住石头希迁和尚的这个故事，至于我这话说得对不对，也请你"寻思去"！

想得开就不妨终日忙碌

现在人好像活得都挺累，或者说都爱喊累。一群人聊天儿，一分钟，准会听到对自己工作、生活"累"的怨叹之声。

想起曾见到一本杂志上的文章，是台湾佛学大德元音老人讲解佛家经典《碧岩录》。他在讲到一个人该如何保持心境时说，要"既不住空，也不住有，一切随缘"。他还说，"要于心无事，于事无心，终日忙碌，而心中无事；心中无事，而不妨终日忙碌是也"①。

那时我也是个"忙碌青年"，当时忽生顿开茅塞之感。现在再把这句话奉献给各位"后辈忙人"们。俗话说"遇事想开点儿"，这句话就是"想开点儿"的一个好注脚，

---

① 见《禅》杂志 1992 年第 2 期。

消人胸中块垒，拨人眼中迷雾，特鲜一碗心灵鸡汤也。

人是大活人，要工作，要生活，怎么可能没有不顺心的事呢？在家受父母唠叨，上班挨领导批评，或路上与人口角，或商场丢了钱包，还有职场怀才不遇、情场无端失恋，乃至工资低、物价高、夫妻吵、孩子闹……种种，"不如意事常八九"。这些事都是客观存在，不能说没事，但也不能总把它当心事。总想不开，受父母唠叨，就会心生怨恨；挨领导批评，就会牢骚满腹；吵架可以演变成老拳相加；失恋可以演变成跳河上吊；夫妻不和，破罐子破摔，最后可能真的妻离子散，家中只剩自己一个人加上一堆"破罐子"。所以，要用"想得开"来告诉自己，调整心情，该干什么干什么，这就是"终日忙碌而心中无事"。

什么叫"想得开"？人生一世，要明白一切随缘。这个"缘"，并非宗教专有，而是哲学辩证法里讲的"条件"。有人说有因必有果，这并不全面。从因到果，中间要有"条件"作催化剂，哪儿能心一想事就成？"缘"也是必要条件。"随缘"不是坐等天上掉饼，是要尽量在一种平和的心态下，为改善和转变创造条件，这就是"心中无事而不妨终日忙碌"。该忙啥就忙啥，父母唠叨完咱接着尽孝，领导批评完咱接着干活儿，恋情不归咱就另觅佳人，夫妻吵完"床头吵架床尾和"，该学习学习，该努力努力，该拼命拼命，该放弃放弃。总之，为改变现状创造条件，需要干什么，就高高兴兴地干什么，就忙这些。

想不开，人生就是乱七八糟的；想开了，那叫人生丰富多彩。佛门有言"少欲无为，身心自在"①，在这个意义上，"阿Q"一把不丢人。如果你只有一个全无矛盾的苍白人生，那还活什么劲儿！

———————————

① 语出《八大人觉经》。

这才叫"盗亦有道"

先讲个故事，是我从《列子》中看来的。说齐国有个姓国的，是有名的富人；宋国有个姓向的，那是真穷。这个向某就跑到齐国向国某请教致富之道。国某告诉他说："我主要是善于偷盗。我偷盗一年，就够维持生活了；偷盗两年，就丰衣足食了；偷盗三年，就已经大富，并开始在周围施舍行善。"向某一听此言，喜出望外，也不问问人家是怎么个偷盗法，急忙跑回家，开始偷盗，可谓"逾垣凿室，手目所及，亡不探也"。用今天话说，就是翻墙打洞，溜门撬锁，见物取物，从不走空啊。结果没两天，向某束手被擒，判罪不说，还罚没家产。他觉得肯定是国某把他骗了，气愤地又去找国某。国某先问他是怎么偷盗的，然后笑起来，说："哎哟喂，你真是一点儿也不懂我的为盗之道。我告诉你，天有时，地有利，我盗的是老天爷的天时地利。靠山林、靠土地、靠雨水，我是种庄稼，栽果树，捕鱼打猎。我得的财富本来不是我的，都是老天爷的，我把他们盗为己有，这没罪。可人家家里的粮食布帛、金玉珠宝，那都是人家自己积聚的私有财产，那可不能偷。抓你判你，你怨谁？活该！"

故事还没完。这向某心中还是不服，回家又去找东郭先生问。东郭先生上升到理论层面对他说："国氏之盗，公道也，故亡殃；若之盗，私心也，故得罪。有公私者，亦盗也；亡公私者，亦盗也。公公私私，天地之德。知天地之德者，孰为盗邪？孰为不盗邪？"[①]

按东郭先生所说，国某的盗，是用自己的劳动取得大自然的财富，这是体现了天地之德；向某的"盗"，是自私的"损人利己"的盗，那当然是犯罪。这段话恰恰给成语"盗亦有道"下了个注脚。人皆以"偷盗"二字为不良，语言习俗而已，我可并不是要为这事"翻案"。但到读古诗"偷得浮生半日闲"（李涉《题鹤林寺僧舍》）时，多美！说起普罗米修斯为人间盗天火的故事，多么英雄！"偷盗"一词有时也可以表达道德与正义。汉语修辞之神奇，谁敢不服？！

---

① 事见《列子·天瑞第一》。

"先赏"、"后赏"与人才管理

　　古代君王管理臣民，是需要搞权术的，古代的知识分子自然也要研究政治权术。我看过苏轼的老爹苏洵的一篇文章《御将》，就是为皇帝管理大臣中的人才出的点子。"御"，就是管理、使用；"将"，是指军事将领。

　　文章开篇就说："人君御臣，相易而将难。将有二：有贤将，有才将。而御才将尤难。御相以礼，御将以术，御贤将之术以信，御才将之术以智。"就是说，对于君主，宰相好管，讲道理、讲尊重即可；可是将军不好管，要讲技巧。特别是那种才华横溢的大将，那就更需要智慧才能管好。

　　苏洵认为，一般的军事将领，就好像为主人打猎的猎鹰；而才华横溢的大将，则是骐骥，即千里马。他说："养骐骥者，丰其刍粒，洁其羁络，居之新闲，浴之清泉，而后责之千里。彼骐骥者,其志常在千里也,夫岂以一饱而废其志哉?至于养鹰将不然,获一雉,饲以一雀;获一兔,饲以一鼠。彼知不尽力于击搏,则其势无所得食,故然后为我用。"意思就是,养千里马,平时就要好吃好喝好待承,一旦有需要,必能建功立业。养猎鹰就不一样,平时要饿、要熬,出猎时抓住个兔子赏一嘴,抓住个麻雀赏一嘴,有了功才赏,这样它才能遇事尽力。他把这种管理区别总结为"先赏"和"后赏"。

苏洵举例说,汉高祖刘邦就是个"御将"的高手。对贤将,比如樊哙,是后赏。樊哙追随刘邦最早,忠心耿耿,勇武过人,鸿门宴上又救过刘邦的命,但升官之路只是"拔一城、陷一阵,而后增数级之爵,否则,终岁不迁",最后也只封了个侯爵。可是对才将,比如韩信,是"先赏"。韩信半路才改随刘邦,还没干活儿呢,先授以上将之位,并把自己的衣服给韩信穿,把自己的饭让给韩信吃,让韩信受宠若惊,感激涕零,从而怀德感恩,忠心耿耿。韩信动心想自立齐王时,刘邦听了张良的话,干脆封其为齐王。大恩加大度,让韩信想背叛也舍不得背叛,死心卖命为汉王朝建立汗马功劳。看《史记》中樊哙、韩信的传记,可知此言不虚。也可见,刘邦的御将之术是管用的。

封建君王的用人,与今天我们的上下级关系,性质截然不同。但在管理形式上,"先赏"与"后赏"的办法是不是也有点儿意义呢?特别是在待遇政策"官本位"依然占统治地位的情况下。比如说，对"特殊人才"的管理，应不应该、可不可以也采取些类似"先赏"的政策呢？人与人，政治上是平等的，但人的才能不是相等的。按劳分配，就是承认了人与人才能的不同。"先赏"，即看准了一个人确有特殊才能，先为其提供一个好于一般的物质条件、好于一般的工作条件、高于一般的岗位和舞台条件，以利于他们多出成果，快出成果，出大成果，这岂不是更有利于促进国家发展，利国利民？记得"文革"中，先是"打倒一切反动学术权威"，后又只准承认勤奋，不准承认天才，谁说有天才，谁就是反动路线。结果怎么样？政策错了，害了中国。"拨乱反正"的时候，一个重大的突破口就是陈景润事件。对于像陈景润这样的人才，你不先给他解决物质条件，让他蹲在厕所里，解出一道数学难题，发一点儿奖金，那不眼睁睁把人才毁了吗？

说了这些，我心里又有点儿忐忑：有可能惹众怒、挨骂。如果有人指着我鼻子："你说、你说，谁是千里马？谁是猎鹰？"其实后面的话就是："凭什么说他是人才，他先提高待遇，我就不行？"这我可就傻眼了！

《大风歌》与《还乡歌》

汉高祖刘邦有一首《大风歌》。《史记》记载，刘邦击败英布叛军之后，归途路过老家沛县，悉召故人父老子弟喝酒。刘邦喝得高兴之时，自己击筑唱了这首《大风歌》，曰："大风起兮云飞扬；威加四海兮归故乡；安得猛士兮守四方。"他一边唱一边舞，慷慨伤怀，以至泣下数行，说："游子悲故乡。吾虽都关中，万岁后吾魂魄犹乐思沛。"①

这首《大风歌》可是刘邦自己作词、作曲并演唱的，虽然没有音频留下来，但只看看词，就已经让人感到实在是大气磅礴、势吞山河，文字不雕不饰，但舍我其谁的那种神采飞扬，真有大政治家的范儿。这种范儿，可不是谁都可以学到，或可以装出来的。

---

① 事见《史记·高祖本纪》。

历史上还真有人想仿仿刘邦《大风歌》的范儿，这就是五代十国时期吴越国的国王钱镠。看看《史记》与新旧《五代史》，钱镠与刘邦的经历确有不少相同之处。刘邦年轻时曾被视为"无赖"，钱镠则是"不喜事生业，以贩盐为盗"；刘邦是趁陈胜、吴广起义的时机造反，钱镠则是在黄巢起义的战乱中聚众起兵；刘邦统一天下，是汉朝开国之君，钱镠只是在江浙一带，但也算打出一片天下，自封吴越国王。刘邦事业有成，回乡时唱了个《大风歌》；钱镠功业有成，也在回乡探亲时做了一首歌，叫《还乡歌》。歌曰："三节还乡兮挂锦衣，父老远来相追随。牛斗无孛人无欺，吴越一王驷马归。"[1]

　　不知诸君以为如何，反正我觉得这《还乡歌》与《大风歌》一比，可就差得不是一星半点儿了，整个儿一土豪炫富。钱镠把他的家乡更名为"衣锦乡"，把他统领的亲军称为衣锦军，这次为炫耀自己衣锦还乡，竟又把设宴周围的山林"皆覆以锦"，命名其儿时所玩耍的大树为"衣锦将军"。他陶醉的是父老乡亲过去看不起他，现在则"远来相追随"了，当年的算命先生说对了，如今他当上了国王，骑着高头大马回来了。听这《还乡歌》，就想起一句著名的电影台词："我胡汉三又回来啦！"

　　在一个"有枪就是草头王"的战乱年代，靠武力打出

---

① 事见《新五代史》卷六十七《吴越世家·钱镠》。

一片江山的人很多，但真的能长久治理、建设好一个国家，打造出百年、千年基业的伟大君主，刘邦是可以算得上的，而钱镠则差得太远太远了。

史书记载，钱氏为君的吴越国，是五代时期各国中最"怯弱"的割据国，国中风气"喜淫侈，偷生工巧"，钱镠自己"穷奢极贵"，而对百姓统治则是"重敛其民以事奢僭"，百姓天天要交税，欠交则按所欠数目鞭笞以罚，"人尤不胜其苦"。所以史学家说："考钱氏之始终，非有德泽施其一方，百年之际，虐用其人甚矣，其动于气象者，岂非其孽欤？"

都是做了君王的人，素质不一样。刘邦就是刘邦，钱镠就是钱镠；《大风歌》就是《大风歌》，《还乡歌》就是《还乡歌》，一比差距就出来了。比不得也！

苏轼兄弟怎么起了这样的名字

    中国文学史上的"唐宋八大家"中，苏洵、苏轼、苏辙，这一门父子竟占了三个名额，堪称奇迹，令千百年来亿万家庭惊煞、羡煞。

    苏轼、苏辙兄弟的名字，都是父亲苏洵起的。为什么一个名曰"轼"，一个名曰"辙"？《唐宋八大家文集》第七卷中，收入苏洵《名二子说》一文，就是讲的这件事。文曰："轮、辐、盖、轸，皆有职乎车，而轼独若无所为者。虽然，去轼则吾未见其为完车也。轼乎，吾惧汝之不外饰也。天下之车莫不由辙，而言车之功，辙不与焉。虽然，车仆马毙，而患亦不及辙。是辙者，善处乎祸福之间也。辙乎，吾知免矣。"

    以上翻译成白话的意思是说：一辆车，车轮、车辐、车盖、车轸，都是有实用性的，唯独车轼，即车前面这根横木，好像没什么用。但人们不知，一辆车如果没有车轼，就不完整了，不叫车子了。起名为轼，就是因为怕你不被人认识和理解呀。天下的车子，都是顺着车辙走的。人们说到车子的行路之功，从来不认为车辙有什么功劳。但一旦出车祸，车毁马死，也没车辙什么事。所以车辙是善于立在祸、福之间保全自己的。起名为辙，就是讲这个免祸的道理。

《三字经》中讲，"苏老泉，二十七。始发愤，读书籍。彼既老，犹悔迟"，几乎家喻户晓。看苏洵的传记，我觉得两个儿子的起名与其人生经历密切相关。

苏洵生于公元1009年，小时候读书曾因成绩不佳而半途废学，至27岁时有所感悟而又开始立志功名，发愤读书。苏轼恰在这段时间（1037年）出生。为儿子起名"轼"，表达的就是那种苦于不被人理解但又不甘埋没，立志炫露于世的心情，并把这种心情转为对儿子人生前途的希望。

苏辙生于1039年，苏洵已经30岁，正是其科举和选茂才均未成功，便烧掉所有旧文章，无意科考，立志关门闭户自学成才的时候。他发愤苦读的心情是愈烧愈炽，但对仕途和做官的看法却已有了本质的变化。他为二儿子取名为"辙"，便是这种心情的表现，这也是对儿子人生前途的希望。

苏洵终于自学成才，文章轰动京城，那是在1056年，他已经47岁了。他带着自己写的文章游学京师，得到翰林学士欧阳修、宰相韩琦等人的赞赏。欧阳修把他的22篇文章呈给皇帝看，而且在京城，其文章"士大夫争传之，一时学者竞效苏氏为文章"。宰相韩琦推荐苏洵入宫进舍人院，但出了名的苏洵这时已对仕途不感兴趣，推辞了，最后被任命到秘书省作校书郎，做的还是文人的老本行。他是在按照自己给苏辙起名时所表示的人生道理在行事。

再来看看苏家兄弟的一生，似乎父亲起名时的那种祝福真的起到了作用。苏轼一生忧国忧民，而且是官场上的"拼命三郎"。他文名、才名播于四海，两朝皇帝将他铭刻在心，思重用之，成为名人中的名人了。但同时，他却被深深卷在政治斗争、派别斗争中，不能自拔，成为牺牲品，曾被贬至海南天涯海角。与苏轼比较起来，弟弟苏辙的一生则平静得多，很善于处世和待人。他反对王安石的"青苗法"，王安石却仍然敬重他；他与文彦博、司马光、吕大防、刘挚等朝廷权贵在许多政见上看法不同，尽管这些人互相之间派别斗争很激烈，却没有人将苏辙当作政敌而打击贬斥。《宋史·苏辙传》说他"寡言鲜欲"，之所以在官场混得比乃兄苏轼好，就是因为苏辙"性沉静简洁，为文汪洋澹泊，似其为人，不愿人知之"[①]。

我感叹：给苏轼、苏辙起名的父亲苏洵，真哲人也！

---

① 本文所引史实，参见《宋史》卷四四三之《苏洵传》、卷三三八之《苏轼传》、卷三三九之《苏辙传》。

中国古代的针拨白内障

有一次和朋友聊天儿，居然说到白内障。朋友说："西医是服药以保眼，治标不治本；古代中医则早就采取针拨的办法，虽不能说根治，但比西医已彻底得多。"此话当时听过，只觉长了见识，却也没大在意。

闲来读书，翻看晚唐著名诗人杜牧的《樊川文集》，发现有一篇《上宰相求湖州第二启》，是杜牧恳请派他外放湖州为官的书信，其中恰巧很完整地叙述了中医用针拨法为其弟弟治白内障的过程。

信中写道，弟弟杜顗长期"疾眼，暗无所睹"。有同事告诉他，同州有个眼科神医叫石公集，曾亲眼见他用针为一个丧明的人医治，"不一刻而愈"。杜牧便接来这位石医生，一起去扬州为弟弟治眼。石医生见了他弟弟说，"是状也，脑积毒热，脂融流下，盖塞瞳子，名曰内障。法以针旁入白睛穴上，斜拨去之，如蜡塞管，蜡去管明，然今未可也。后一周岁，脂当老硬如白玉色，始可攻之。某世攻此疾，自祖及父，某所愈者不下二百人，此不足忧"。过了一年多，石医生开始动手为杜顗施针，可惜的是，四月施针一次，无效；九月再施针，亦无效。再到后来，又有一位虢州庾刺史告诉他，同州其实有两个眼科名医，除石公集外，还有一位周师达，医术比石公集要高明。会昌二年七月杜牧出守黄州后，即以"重币卑辞"请来周师达。周看了他弟弟的眼说："嗟乎！眼有赤脉，凡内障脂凝，有赤脉缀之者，针拨不能去赤脉，赤脉不除，针不可施，除赤脉必有良药，某未知之。"这位周名医认为当初石公集是"业浅，不达此理，妄再施针"，最后只能"不针而去"①。

　　杜牧是个大诗人，为了给自己的弟弟医治白内障，不惜上书宰相指地求官，兄弟情深可叹。咱不懂医学，不通医史，但读杜牧这封信，我挺感慨：杜牧所记之事，发生在唐文宗登基（826年）至唐武宗会昌二年（842年）间②。可见公元9世纪时，中医已将此病"名曰内障"；那时针拨白内障的中医手术技术已经十分成熟；那时中医关于白内障的医学理论也相当成熟，医术高者更能深入区分白内障的不同类型，对眼中有"赤脉"者采取针药配合施治的方法——这在当时世界上应该处于领先地位了吧？值得自豪！

----

① 见杜牧《樊川文集》之第十六。
② 可查《旧唐书》卷一四七及《新唐书》卷一六六之《杜牧传》。

再补点儿古代针拨白内障的事儿

我随笔写了《中国古代的针拨白内障》，就有朋友来问："中医最早治疗白内障是在什么时候？"我真不知道，也真惭愧，才疏学浅就敢在微信码字儿！但也想再查出几条线索，与朋友们共享。

中医针拨治疗白内障的技术究竟始于何时，咱非专业工作人员，确无能力考证，但据看到的一些材料，似乎汉朝的华佗时期即已有之。如清代类书《渊鉴类函·目部》收有古书《天中记》中的一则故事，曰"魏武帝病眼，令华佗金篦刮目"①。所谓金篦刮目，可能即指针拨治疗白内障。

稍晚于唐的五代时期，《旧五代史》中亦有关于针拨治疗白内障的记载。在《世袭列传》附载的永乐大典补文

---

① 见《渊鉴类函》卷二五九"目"条。

中，就有那位写过《还乡歌》的吴越国王钱镠患白内障的记载："钱镠末年患双目，有医人不知所从来，自云累世医内外障眼，其术皆善于用针，无不效者。镠闻，召而使观之。医人曰：'可治。'……既而下手，莫不应手豁然。镠喜，所赐动以万计，医人皆辞不受。"[①]

再后又有《明史·方伎传》载："周汉卿，松阳人。医兼内外科，针尤神。……华州陈明远瞽十年。汉卿视之，曰：'可针也。'为翻睛刮臀，欻然辨五色。"[②]这里，先说"可针也"，又说"翻睛刮臀"，明显可见是用针来刮治，这与前述华佗为曹操"金篦刮目"的治疗方法如出一辙，亦可印证，华佗为曹操"金篦刮目"的说法就是指针拨治疗白内障。

要说明的是，在古代正史中，如《后汉书》《三国志·魏书》中，均未有华佗为曹操治眼的记载。《天中记》所记是否真实，笔者不敢妄下断言。但既然说是汉朝有的事，也许不完全是空穴来风，也许本是某位张佗、李佗的事迹，传得年代久了，都讹贴到了华佗身上，也未可知。历史上把别人做的好事都移贴到某些有名气的人身上，使有名气的人因而更加有名，没有名气的人依然无名，这种现象并不少见。

再补充一点，"欻"这个字本来不认识，查了字典，

① 见《旧王代史》卷一三三《世袭列传》之《钱镠传》。
② 见《明史》卷二九九《方伎传》之《周汉卿传》。

多音，一念 chuā，拟声字；二念 xū，即"忽然"的意思。这两个念法在文里似乎都通。我以为，按现在的口语，改念"唰"，才精彩。

放下屠刀就能立地成佛吗？

"放下屠刀，立地成佛"，应是从佛教用语转成俗语和谚语的，意思差不多，就是劝人停止作恶，改恶从善。要查佛教用语的源头，辞典上说得并不清楚，但在佛学著作中可以查到，如《景德传灯录》卷二五有"抛下操刀，便证阿罗汉灵"，意思已经基本达到了。再往后的《续传灯录》和《五灯会元》中，则是"飏下屠刀，立地成佛"，这里"飏"即抛掉的意思。到清朝，纪晓岚的《阅微草堂笔记》中有云："夫佛法广大，容人忏悔，一切恶业，应念皆消。放下屠刀，立地成佛。"

我不是想查这句话的发展源流，而是想说说它要表达的意义。一个杀人不眨眼的屠夫，一旦把屠刀放下，真的就可以算成佛了吗？

"放下屠刀，立地成佛"，把放下屠刀放在前面，好像是因;立地成佛在后,好像是果。其实不然。在日本,"放下屠刀,立地成佛"也应是常用俗语。但我们看看日本:七十年前提刀侵略,横行亚洲和世界,乃反人类的最大屠夫之一。1945年失败了,"投降"了,被迫放下了屠刀,并被迫放弃了拥有军队的国家权力,但他们"成佛"了吗?今日之日本,那些老军国主义者后裔中一些又掌权的政治家们,那些曾经的"日本帝国主义侵略者",不是正在翻《波茨坦宣言》的案、翻侵略的案、翻慰安妇的案、翻东京大审判的案吗?居然还成天哭冤喊屈,要求成为"正常国家",要求拥有海外动武的权力,也就是要求拥有"动刀权"。世界人民会允许把屠刀还给这样屠夫本性未改的屠夫们吗?

再说贪官。一贪就是几百万、几千万,一个一个挖出来了,都是信誓旦旦,表示痛改前非,重新做人云云。一般来说,这些人今后再贪的可能性也基本没有了。那么,他们在经济上窃割民脂民膏的"屠刀"不是也算放下了吗?那他们是不是也"成佛"了呢?

我以为,"放下屠刀,立地成佛"的话,实际上是倒装了,是颠倒的因果关系。应该先有"立地成佛",然后才会"放下屠刀"。"成佛"是因,"放下刀"是果。佛教禅宗讲"佛即众生,众生即佛",因为佛性就是指真善美的"清净本性",而众生心性干净了就是佛。红尘扰扰,人心不净,所以就有各种假恶丑的坏人坏事。坏人可以变好人，那得是真正从心里认识到自己行为的假恶丑，先把心性、本性变干净了，才可能真的"放下屠刀"。

咱不懂佛教，也许属于"歪批"，只想提供个话茬儿，引人议议而已。

雍正废除腰斩之刑

　　《清朝野史大观》卷五有"腰斩之惨"一条载：雍正年间，福建有个督学叫俞鸿图，是个工作和操守都挺认真的人。组织考试时，他制定了十分严格的防作弊制度，考场大门一锁，内外值禁森严，谁也不得擅自出入。但万万想不到的是，他的小妾与仆人们勾结在一起，偷传文章作弊。具体方法竟是把要传递的东西由小妾贴在俞君背后补褂之上，进了考场门后，仆人再偷偷揭去传给考生。结果考试成绩一出，优劣倒置，舆论大哗，被弹劾到皇帝那里。皇上急忙将俞鸿图撤换，并查清情况，下旨将其"腰斩"。书中详细描述了俞鸿图被腰斩行刑时的惨状，"俞君既斩为两段，在地乱滚，且以手自染其血，连书七'惨'字。其宛转未死之状，令人目不忍睹"。

　　人被腰斩，半截身子还在地上乱滚，还蘸自己的血写字，写的还是七个红色的"惨"字！这才叫触目惊心，这才叫惨到极点也！雍正皇帝听了监斩官的据实奏陈后，"上亦为之恻然，遂命封刀。从此除腰斩之刑"。

看了俞鸿图的例子，不得不承认，司法行刑方式确有野蛮与文明之分。从斩首变为枪毙，从枪毙变为"注射"，是文明的进步。《清史稿》载，清光绪末年修改大清律时，修订法律大臣沈家本在一封奏折中说过，斩首罪犯是为了"惩戒凶恶"，如行刑的方式过于残忍，心存仁厚的人看了也会"惨然不乐"。他还说，本来说是要给人警戒，但这样的例子人们看多了，习惯了，反倒会有人性格变得残忍起来了。这与初衷是背道而驰的。

查《清史稿》之《刑法志》，清初开始，律法就延用明朝制度，死刑分绞首、枭首、凌迟三种，腰斩应是属于枭首刑内。在电视连续剧《雍正皇帝》中，雍正处死张廷璐是用铡刀。铡刀之用，可在脖子处下刀，亦可在腰上下刀，可见腰斩是可能有的。但俞鸿图案之后，文明了一点儿，清朝历史上就再没见过腰斩了。

佛道与中国的"孝道"

　　佛教与中华文化的孝道是什么关系？这是个挺实际的问题。许多人认为，信佛要出家，要斩断七情六欲，要做到六亲不认，这与中华文化提倡的孝道不是背道而驰吗？

　　把孝道作为国家治理的基本理念，许多学者都认为应从汉朝开始，至今两千多年了。而佛教传入中国业已两千年，它投入中华文化的沃土，生根发芽，长叶开花，风风雨雨，兴兴衰衰，可以说已经成为中华文化的重要组成部分。中华孝道与"六亲不认"水火不容，如果佛教真的是一种"六亲不认"的理论，那它在中国的生存岂不成了不可思议？实际上，佛教是承认并提倡孝道的。

　　佛家有《佛说盂兰盆经》，便以孝道为主旨。其主要内容是讲：有个大目犍连尊者，修得"六神通"后，想去度自己的父母，以报父母"乳哺之恩"。但他发现这时母亲因为不敬佛，已经在轮回中被罚入"饿鬼道"，在地狱中受苦。他请求佛祖帮助救出母亲。佛祖告诉他，要在七月十五日那天，准备饭食果品、香油锭烛等供养十方大德众僧，大家一起为世人在地狱的父母眷属祈祷解脱，就可救得。大目犍连尊者依言而行，救了母亲。因此，这部经的主旨就是讲佛弟子们要"修孝顺"以"报父母长养之恩"。

佛经中有《大方便佛报恩经》，专门讲到释迦牟尼对父母的孝敬与报恩之心。还有一部《父母恩重难报经》，专门批判社会上那些"心行愚蒙，不思爹娘有大恩德，不生恭敬，忘恩背义，无有仁慈，不孝不顺"的现象，并列出父母的十大恩德，即怀胎守护恩、临产受苦恩、生子忘忧恩、咽苦吐甘恩（自己吃苦的，甘甜让子食）、回干就湿恩（孩子尿床，母亲移干就湿而睡）、哺乳养育恩、洗濯不净恩（为了孩子，顾不上打扮自己）、远行忆念恩（儿行千里母担忧）、深加体恤恩、究竟怜愍恩（母爱至死不变）等。经中文字，情意拳拳，无法详引。

当然，这部《父母恩重难报经》，佛学界考证说是一部"伪经"，即后人伪造。但后人者，必是中国人也，伪造此经的目的无非是为了鼓动中国人信佛。我觉得，这也恰恰是佛教为适应生存环境、适应中国政治而努力融入中华文化的一个有力证据。况且，在敦煌文物考古发现中就已经有了一部《佛说父母恩重经》，且与汉地流传的《父母恩重难报经》内容相似，文字多有相同。流传了一千多年的一部"假经"，对于今天的文化研究来说，可以说已经成为这一千多年中国佛教的"真经"了，我们不妨承认其为一部托名释迦牟尼著、版权有些问题的真"中国佛经"。

白居易正经是个佛教徒

白居易是大诗人，好像学前班的娃娃们都知道。但白居易是个正式的佛教徒，却有许多人不知道。虽然在新旧《唐书》的《白居易传》中，其信佛记载得清清楚楚[1]；在佛教历史书籍中，更把白居易作为佛教名人而单独列有传记，如《五灯会元》《佛光大辞典》等。历史上像白居易这个级别的大诗人，读佛谈佛者不少，但成为佛门居士，算得上正式佛教徒的可能仅此一人。

白居易少年即有文名，27岁举进士，仕途颇顺，文才得唐宪宗赏识，破格召入翰林为学士，又任左拾遗，当了谏官，但屡屡直谏，又曾因此得罪于皇帝和权臣，惹得唐宪宗一肚子不高兴，对人说："白居易小子，是朕拔擢

---

① 见《旧唐书》卷一六六和《新唐书》卷一一九。

致名位，而无礼于朕，朕实难奈。"①元和十年，白居易终于被人"上眼药"而遭贬，去当江州司马了。史书说白居易"儒学之外，尤通释典"，而佛教书籍中说"白氏中年归佛，亲近高僧，从受净戒，修习禅法"②，则应该是被贬之后的事。

白居易信佛极为认真和虔诚，晚年自号"香山居士"，拜佛修寺。其所往来，多为当时大德名僧，他们在一起论辩佛教理论，人赞其"钩深索隐，通幽洞微"③。其晚年曾自撰《醉吟先生墓志铭》一篇，把自己生平概括为"外以儒行修其身，中以释教治其心，旁以山水风月歌诗琴酒乐其志"。他还做过一篇赞文曰："十方世界，天上天下，我今尽知，无如佛者。堂堂巍巍，为天人师，故我礼足，赞叹皈依。"④

以上这些事，查查书并不难知晓。但我奇怪的是，为什么现在出版的、被人奉为权威的《辞海》，却只字不提白居易信佛之事？在"白居易"条目中，只说："白遭受贬谪后，意志逐渐消沉，晚年尤甚，诗文多怡情悦性、流连光景之作。"话里话外，好像在对白居易的晚年进行批判，好像在避讳白居易中年以后成为佛教徒。我觉得这种编辑指导思想恐怕有点儿问题，对一个一千多年前的大诗

---

① 见《旧唐书》卷一六六《白居易传》。
② 见《佛光大辞典》"白居易"条。
③ 见《五灯会元》卷第四《佛光满禅师法嗣》之"白居易侍郎"条。
④ 见《佛光大辞典》"白居易"条。

人、名人，我们应该更注意尊重他们的生活选择和宗教信仰，实事求是地做出历史唯物主义的说明。

住在树上的鸟窠和尚

禅门讲悟。禅书中有大量语言，常人看来逻辑颠三倒四，摸不着头脑，而佛门中人却心甘情愿地去日日苦心琢磨，以求一"悟"。咱们是俗人，没本事也没工夫去参，去悟，但保不齐也会得到一些对社会、对生活的感悟。

前几天查找白居易的资料，我看到《五灯会元》"鸟窠道林禅师"条中记载的与白居易相关的一件事[①]。

鸟窠道林禅师，道林是其僧名，前面加冠的"鸟窠"，按佛门称名惯例，应指其主要修行地。鸟窠，就是鸟窝。禅师9岁出家，后辗转到了杭州，"见秦望山有长松，枝叶繁茂，盘屈如盖，遂栖止其上．故时人谓之鸟窠禅师"。在树上住的时间长了，连林中的喜鹊都相熟了，竟在他身

---

① 见《五灯会元》卷第二《径山国一钦禅师法嗣》之"鸟窠道林禅师"条。

旁做了窝，因此也有人称他为"鹊巢和尚"（发音居然与现代咖啡品牌相同）。

公元819年，白居易外放任杭州刺史，专门去山里看望树上的鸟窠禅师。见面时，白居易问："如何是佛法大意？"禅师答："诸恶莫作，众善奉行。"白居易说："三岁孩儿也铎恁么道。"即三岁小孩儿也懂得这么说。禅师曰："三岁孩儿虽道得，八十老人行不得。"就这一句话，令白居易不停点头称是，作礼而退，并且此后经常去向鸟窠禅师问道。

"三岁孩儿虽道得，八十老人行不得"，我就是被鸟窠禅师这句睿智的回答震动了，一石击破水中天。多行善、不作恶，这么浅显至极的道理，居然成了佛道的核心，这还用"悟"吗？但鸟窠和尚后面的再回答却巧妙地提升了话题。意思是，讲多行善、不作恶，不仅是一个明是非的理论问题，而且是一个如何才能真正实现和做到的实践问题。试想，如果真的实现了全社会人人"诸恶莫作，众善奉行"，那该是多么美好和谐！鸟窠禅师认为，如何解决这个问题就是"道"。有道理！

我觉得，今天的精神文明建设，也是面临着大量这种"三岁孩儿虽道得，八十老人行不得"的社会问题。大到杀人越货、贪污腐败、坑蒙拐骗，小到随地吐痰、酒后驾车、排队加塞儿，道理人人懂，解决难上难。真的盼望官员中多出些这样的人才。再说大一点儿，"实事求是"四个字，多么浅显直白的道理，党内党外不也还存在"三岁孩儿虽道得，八十老人行不得"的现象吗？大道难行也。

刘邦也有使小性子的时候

 刘邦，从一个村里著名的不务正业者、"流氓大哥"，在暴秦乱世揭竿而起，横扫群雄，最终成为汉朝江山开国君主。一曲《大风歌》，确实彰显大政治家风范，王者风范，巍乎高哉，令人仰视。但人都有两面性。刘邦也有小家子气、使小性子的时候，记仇记怨，赌气任性，有似顽童。

 《史记·楚元王世家》记载：刘邦兄弟三人，他是老三。大哥刘伯早卒，但嫂子健在。当年他在村里率一帮年轻人混的时候，还真讲义气，没饭辙了就带他们去嫂子家中找饭，嫂子对此十分厌烦。有一次又来了，"嫂厌叔，叔与客来，嫂详（佯）为羹尽，栎釜，宾客以故去。已而视釜中尚有羹，高祖由此怨其嫂"。这里的"栎釜"，就是用勺子刮锅底，让人闻声以为饭吃光了。这种耍小聪明的女人伎俩，让刘邦觉得面子丢大了。得了天下以后，刘邦论功和论亲来封爵、封官。他把自己的二哥、同父异母的弟弟，以及二哥的儿子都封了王，却把大哥的儿子刘信晒在一边不理，连当了太上皇的老父亲都看不下去了，便去说情。高祖曰："某非敢忘封之也，为其母不长者。"您看，嫂子刮了一通饭勺子，让刘邦记恨了半辈子。但老父亲说情，面子也不能不给。第二年，刘邦还是给刘信封了爵位，但只是个侯爵，最损的是爵位名，叫"羹颉侯"，翻译一下，就是"粥没了"侯。爵位可以给，但耻辱也要让你顶一辈子！

这事刘邦办得确实有些小家子气，但我们感谢司马迁记录了此事，让我们从《大风歌》的背面又看到一个刘邦。细读刘邦，他讲义气、好面子、护朋友、小心眼儿。其中，讲义气和护朋友，则使他在犯小心眼儿、使小性子时，能够有朋友真心提醒他、帮助他，关键时刻以大局为重，避免犯大错误，也使张良、萧何、韩信都能真心辅佐他走向成功。人都是有两面性的，刘邦性格中大气的一面胜过了小家子气的一面，所以他还是一个大政治家。

从康熙禁止缠足谈起

缠足，又称裹足，民间称"裹小脚"，曾是中国历史上一大陋谷。女人从童年时起，要用布将脚裹住，使其无法长大，斩渐畸形，成人后乃至终生，脚小如初，并以这种残疾之形为美。现在年轻人大都没见过这种"小脚女人"，我小时候则见得很多。

过去有人说，这种有违人道的缠足现象源于汉朝，是赵飞燕最尢用裹脚的方式提升了自己跳舞的姿势美，于是宫中纷纷仿效，再传到民间竟然风行成俗。这恐怕不足为信。查《辞海》"缠足"条，则说"相传南唐李后主令宫嫔窅娘以帛缠脚，令纤小作新月状。由是人皆效之"。这虽然也是"相传"而已，但可能不至于是"瞎传"。《辞海》还介绍说，"清康熙三年，有诏禁裹足，七年又罢此禁。……太平天国曾禁止缠足。辛亥革命以后，缠足之风始逐渐废绝"。

《清朝野史大观》卷三中有康熙"裹足禁令"的记载，曰：康熙三年，遵奉上谕，议政王贝勒大臣九卿科道官员会议，元以后所生之女禁止裹足。而官员会议议定的具体禁止之法是："元年以后所生之女，若有违法裹足者，其女之父有官者，交吏、兵二部议处；兵、民交付刑部，责四十板，流徙。其家长不行稽查，枷一个月，责四十板；该管督抚以下文职官员，有疏忽失于觉察者，听吏、兵二部议处在案。"这禁令可是够严的了，有孩子违令缠足，为官者罢官，百姓四十大板后流放，地方官失察，也要以失职论处。那么，禁缠令后来执行得如何呢？没禁住！《辞海》中说了："（康熙）七年又罢此禁。"

康熙是"马上民族"出身的皇帝，应该看不得女人小脚之扭扭捏捏，认识裹足之弊甚易。但偏偏碰上的是一个积淀了上千年的中华陋俗，而且居然挟亿万民众之习惯，敢于"有令不行，有禁不止"。结果，体现文明进步的禁裹足令反倒碰了个头破血流。后来，太平天国也禁，没禁住。民国时期，有识之士们玩了命地一再呼吁，也不行。为什么就这么难？因为裹脚布缠在中国妇女脚上一千年，结果是中国人文化心理也被"缠足"了，用"民俗"的花布掩盖了"陋俗"的本质。新中国以后，首先是国家禁止，但更关键的是妇女解放了，要走出家庭干活儿、工作了，真的不利于生活和生存了，这才真的"逐渐废绝"了。

缠足现象绝迹已久矣，现在人们基本不再提起。但在文化思想领域，见到一些顽固的"陋俗"，还是常用缠足现象作比喻。毛泽东就曾用"小脚女人"这一形象批评他认为思想跟不上时代脚步的人。在几十年改革开放的过程中，我们见过多少顽固坚持教条主义旧俗，拒绝并试图阻止改革前进的人和事，我觉得这也可以说是一些精神被"缠足"了的现象。无论民众怎样要求改革开放，无论中央多少文件要求"解放思想，实事求是"，"与中央保持一致"，但有些人精神上依然顽固坚持不"放足"，至死也不放。可能因为这些人从来没有过"生活和生存的危机感"吧。

《诗经》读出个《东方红》

中国最早的诗集叫《诗经》，我想读一读。有朋友告诉我："难，比唐诗宋词难。"

难就难呗，反正闲着也是闲着，无知者无畏，没读过，才要去读。

咱这外行读《诗经》，读到"齐风"中的一篇叫《著》，不怕您笑话，还真读出一点儿乐子事来。原文很短："俟我于著乎而。充耳以素乎而，尚之以琼华乎而。俟我于庭乎而。充耳以青乎而，尚之以琼莹乎而。俟我于堂乎而。充耳以黄乎而，尚之以琼英乎而。"

我读的是朱熹《诗集传》，也算各种版本中比较有权威的了。看了朱老先生的注释，我知道了，"著"，即一进大门的照壁前；"庭"，即院内正房前；"堂"，即客厅内。这首诗是讲一个女子的婚礼。她坐在房里等新郎来接亲，羞涩地抬起头，看见新郎进大门了，看见新郎进院子了，看见新郎进客厅了，一步步地，她逐渐清晰地看到新郎耳朵上佩戴的彩丝和美玉的装饰。诗很美。

但我说的乐子事不是诗的内容，而是诗中每句都有一个"乎而"的语气后缀，有点儿似曾相识。然后，悟起来了:陕北民歌《东方红》不就有个"呼儿嗨哟"嘛！这"乎而"与"呼儿嗨哟"有没有什么关系？然后我查了书目文献出版社的《诗经索引》，证明整部《诗经》就只有这一首中用"乎而"作后缀，是独一份儿。

我就想，其实也就是猜∶这首《著》，收在"齐风"，现在说，应是山东民歌;《东方红》是陕北民歌，好像不搭界。但当时《诗经》应该是全国发行的，准确点儿说，是全国都有抄录的，陕北人民应该也能看到。陕北人民觉得好，或者是奉旨推广，那在陕北流传起来也在情理之中。传着传着，融入陕北民风，这也在其中，不能说山东人唱了个"乎而"的后缀，陕北人就不能唱。再说了，这些所谓"后缀"的民歌后缀，还不主要是劳动人民干活儿时的节奏调节，还不就是现代工地上打夯时唱的"哎嗨哟哎"吗？这个"乎而"至今又在陕北流传两千年了，在其后面又被加上一个"嗨哟"，劳动场景不同，双字格变成了四字格，这好像也顺理成章。如果我的瞎猜成立，那岂不是可以证明《东方红》与《诗经》的语言也有继承关系？

打住，打住！人家真正懂《诗经》的人该开说了:"这算什么玩艺儿！不懂装懂，纯粹瞎猜！"我赶紧说："是是是，我不是前面说了吗？闲得没事儿，我就是瞎猜。"

我敢读《尚书》了

业会欣赏，我喜欢读中国古典著作，但很多年没有读过《尚书》。把书拿来翻过几次，先入目的什么《尧典》《舜典》《大禹谟》等等，总觉得怪字连篇，诘曲聱牙，比起《史记》，难哉。朋友说："别呀，找个注释得好的版本，你先挑后面简单的篇章读，只要把一些语言特别各色的地方仔细搞通，习惯了，很有意思。"

我照着做了，选了《周书》中的一篇《牧誓》读。奇怪了，这回把其中"昏弃厥肆祀弗答，昏弃厥遗王父母弟不迪"这句怪话弄得自认为懂了后，全篇居然都理顺了，而且发现，说是很古很古的古文，其实读通了，绝对与今天老百姓的大白话差不了多少。如果周朝有《大周日报》一类媒体，绝对可以改成一篇新闻报道，大致是这个样子：

大标题：我军在朝歌郊外召开战前誓师大会

副标题：总司令周武王在会上发表重要讲话

内容：【本报甲子日讯】今晨东方天亮未亮之时，我军在朝歌郊区前线举行战前动员誓师大会。总司令周武王亲自主持，并发表了重要讲话。

周武王左手持黄金钺斧，右手挥白色旄旗，第一句话就向友军弟兄表示诚挚的慰问："远来的友军弟兄们辛苦了！"然后他号召："所有西来的友军君臣和我军大官小将，以及随我前来的庸、蜀、羌、髳、微、卢、彭、濮各部族勇士们，大家听我说！端起你们手中的戈枪棍棒武器，咱们一起宣誓胜利吧！"他在讲话中严肃指出："俗话说，母鸡打鸣，家有灾祸。如今这个商王受（即纣），就是唯妲己这个母鸡的话是从，不敬祖宗，不用亲人，网罗恶人为亲信，为高官，暴虐百姓，霸占朝廷。今天，我姬发率大家前来，就是要执行老天爷的讨伐！战斗一旦开始，大家队形要稳，走五六步就注意调整一下，再努力前进。一旦短兵相接，也要四拼五拼或六七拼后，就注意互相关照一下，队形千万不能分散。冲锋要玩儿命，如虎如貔，像熊像罴，像猛兽一样。但是对跑过来投降的敌人，要讲政策，可以留下他狗命，带回家乡做苦力。再强调一下，都要努力作战，谁不玩儿命，我可要格杀勿论！"

请原谅我没有把原文先列出来，那样此文就会太长了。但我觉得，意思应该是八九不离十，较真儿的朋友可以找到原文更深入地读。而我只是想说明，《尚书》里也有不难读的文章，像我原先想读又没敢读的朋友，也可以试着去读一篇，不可能达到学术研究的水平，但一定可以增加点儿聊天儿的资本。

我把这篇《牧誓》也附在随笔之后，朋友们可以看看，琢磨琢磨我说得有无道理。原文如下：

时甲子昧爽，王朝至于商郊牧野，乃誓。王左杖黄钺，右秉白旄以麾，曰："逖矣，西土之人！"

王曰："嗟！我友邦冢君，御事：司徒、司马、司空，亚旅、师氏，千夫长、百夫长，及庸、蜀、羌、髳、微、卢、彭、濮人。称尔戈，比尔干，立尔矛，予其誓。"

王曰："古人有言曰：'牝鸡无晨；牝鸡之晨，惟家之索。'今商王受，惟妇言是用，昏弃厥肆祀，弗答；昏弃厥遗王父母弟不迪，乃惟四方之多罪逋逃，是崇是长，是信是使，是以为大夫卿士，俾暴虐于百姓，以奸宄于商邑。今予发，惟恭行天之罚。今日之事，不愆于六步、七步，乃止，齐焉。勖哉夫子！不愆于四伐、五伐、六伐、七伐，乃止，齐焉。勖哉夫子！尚桓桓，如虎如貔，如熊如罴，于商郊。弗御克奔，以役西土，勖哉夫子！尔所弗勖，其于尔躬有戮。"

读《诗经·二子乘舟》心情被伤

《诗经》的"邶风"里有一首《二子乘舟》，很短，文曰："二子乘舟，泛泛其景。愿言思子，中心养养。二子乘舟，泛泛其逝。愿言思子，不瑕有害。"

"养养"，即指水波的"漾漾"；"不瑕"，是疑问"是不是"之意。初读之时，我觉得是描写了对乘舟远去之人的思念和担忧，感到有一种幽幽的、深深的惜念气氛，迎面袭来，把我缠裹进去，感动了我。

直到看了注释，才知道我理解得太浅薄、太望文生义了。权威的《毛诗正义》和《诗集传》中，都介绍此诗是以战国时卫宣公"二子争死"的史实为背景的，说：卫宣公为太子伋聘娶齐国的姜，但齐姜一来，宣公自己先看上并娶了她，且生了子寿、子朔两个儿子。齐姜为了权力，便成天与小儿子子朔一起在宣公面前说太子伋的坏话。宣公也一直怕太子伋为娶妻的事怨恨自己，早想废掉太子，便派他出使齐国，暗地里却找了杀手在界河上截杀于他。齐姜的大儿子子寿平日与太子伋关系极好，得知阴谋后便去告诉了太子。太子说："既是君命，不可以逃。"见太子不逃，子寿便偷拿了出使的节旄抢先向齐国而去。太子伋知道后急忙赶到界河，子寿却已经被杀。太子对杀手说："君命杀我，寿有何罪？"杀手干脆连太子也一起杀了。"国人伤而思之，作是诗也。"

知道了背景，一种沉沉的、重重的悲愤之情不由得袭入我心。同父异母的兄弟之间，有的为情而争着为对方赴死，血浓于水；也有的为权力地位，诟毁相加，置对方于死地。而老百姓的心确实是"一杆秤"，他们将善恶看得明明白白，并把对善的悼念与怀念，用民歌的形式传给子孙后代。

接着，我又上百度查看了一些现代人对于《二子乘舟》的解释，发现又不一样了。据说闻一多先生曾说过一句《二子乘舟》'似母念子之情"，后来又有专家说这只是一首父亲送别二子的诗，更有人说"倘若要将它视为妻子送夫、朋友送人的诗，恐怕也无错处"。

我忽然被一种失望的心情笼罩。从欣赏的角度说，我希望"二子争死"的背景是真的，不希望离那个时代更近的那么多古人都错了。我没有能力评点这些学术观点的是非，但我的阅读心情，像被冷冰冰一瓢水浇下，刚才缠缠绵绵的陶醉感顿时被灭，难受，想哭的心都有！这也太残忍了，何必呢？

什么叫"新转世活佛学习班"？

在《报刊文摘》上看到一则新闻，据《西藏日报》2015年6月18日报道：由统战部门组织的"2015年第二期新转世活佛培训班于6月17日在拉萨开班"了①。一看标题，我脑子有点儿懵：怎么，"新转世活佛"们也有"培训班"了？

常见一些党和政府中新提拔或准备提拔的高级、中级干部，神采飞扬地去相应级别的党校参加相应职级的"培训班"。所谓"培训"，即培养、训练也。而藏传佛教中的"活佛"，是转世而来的宗教领袖，新任伊始，难道也要统战部门办班"培训"？

再看培训班内容。报道中一位自治区统战部的副处

———————————

① 见2015年7月1日《报刊文摘》第一版。

长同志介绍说，"培训的主要内容是希望参训活佛们铭记在中国共产党的领导下，宗教界人士的学经修行环境得到彻底改善，僧人的基本待遇得到切实落实，党和政府把寺庙僧尼当成普通公民、基本群众和朋友的深刻道理"。哦，明白了，这是组织要组织新任活佛们学习一下党的宗教政策，那现成的话就叫"学习班"不就得了，干吗非要叫个"培训班"呢？差点儿让人以为现在的活佛们都入了党或入政府当干部了。但我对于那个"希望参训活佛们铭记……"的表述方式，还是觉得古里古怪，那腔调，总是好像听长官训话。改革开放几十年来，党的宗教政策好，可以说有目共睹，宗教人士当然会从学习和现实生活中体会到。然而，制定一个好的宗教政策，是我们这个执政党"为人民服务"的宗旨决定的，本就是应该做的，何必张口闭口要人家必须"铭记"，好像这些政策都是对宗教界的"恩典"。共产党与宗教教众信仰不同，但都是炎黄子孙，都是中国公民。宗教活动要按照《宪法》接受党的领导，这毋庸置疑。但在具体工作中，执政党与宗教界相处的关系，党的统战部门与"活佛"们的关系，应该是"长期共存，互相监督，肝胆相照，荣辱与共"的朋友关系，是信仰自由、政教分离、独立自主与依法管理、依法保护的关系，也是共同奋斗、共筑"中国梦"的"同志"关系，但唯独没有"上下级"关系。

我觉得，现在我们有些干部的脑子确实是当年被"文革"这个门挤坏了，且至今还恢复不过来，对宗教，对党外人士，还是习惯摆出一种唯我独尊、颐指气使、目空一切的劲头儿，要不怎会想出"活佛培训班"这么个名字！

还是有关西藏宗教工作的报道，还是在《报刊文摘》上看到的，说"据中国新闻社10月15日报道，10月14日，西藏自治区党委常委、拉萨市委书记齐扎拉在家门口迎接了来自羊八井寺的五位高僧，与高僧们喝着酥油茶拉起了家常"，"当日，自治区政府副主席多吉次珠、自治区政协副主席洛桑久美、自治区政协副主席阿旺也在家中分别邀请了杰吉寺、甘丹寺和纳连扎寺的高僧"①。党政官员把寺庙高僧请到家里做客，坐在一起像一家人一样，亲亲热热地拉拉家常，这样的事多温暖，多好！

① 见2015年10月21日《报刊文摘》第一版。

从《韩诗外传》看用《诗经》治国

　　《诗经》是一部诗歌集，按说只是一部文学作品，但在中国，从汉代开始，就被奉为"经"，一直处于社会政治和文化的顶层地位，是治理国家的"干部必读"，这在世界史上也是罕见现象。

　　《韩诗外传》是关于《诗经》的著作。作者韩婴，乃西汉初年的大儒，传授《诗经》的四大家之一，名气很大。但他有关《诗经》的其他著作都散佚了，只有这本流传下来，而且现在读解《诗经》者，也似乎不大提到韩婴和《韩诗外传》。其原因，一是原书早已散佚，现在能看到的书其实是学者从古书中爬梳、辑佚而成的；二是这本书其实也不是讲解《诗经》里的诗，而是讲政治，讲治国、治民之道的。我找来许维遹撰《韩诗外传集释》，翻了翻才明白。他是先讲一个故事或一个观点，最后再引贴上《诗经》的几句语录，以互印互证，硬把文学当成政治，难免贴得生硬乃至不伦不类。这就像"文革"中人们表达一个观点时，总会再引一段"毛主席语录"来证明自己正确一样。这种形式，确实不大招人喜欢。

但毕竟是大儒所作，能够流传两千年，内容当然有可读之处。比如，卷五第18章，说的是君主选人用人问题，我就觉得有点儿意思，可与朋友们共享。

韩婴提出，君主用以辅佐自己的人，按智慧和能力划分，有四种。一是"智如泉源，行可以为表仪者，人师也"；二是"智可以砥砺，行可以为辅弼者，人友也"；三是"据法守职，而不敢为非者，人吏也"；四是"当前快意，一呼再喏者，人隶也"。您看，用现在的话说，一是具有大智慧，足智多谋，让领导可尊以为师的人；二是可以与领导一起讨论制定政策和推动政策落实的人，是朋友一样的帮手；三是奉命行事，规规矩矩、不越雷池的人，是放心干部；四是专哄领导高兴，成天围着领导转的人，是奴才。想想你们单位，领导身边常用的"得力干将"，是不是也是这四种人呢？

韩婴又说，"渊广者其鱼大，主明者其臣慧"，所以"上主以师为佐，中主以友为佐，下主以吏为佐，危亡之主以隶为佐"。"佐"就是辅佐，看看被重用的是什么人，就可以看出君主上、中、下的品位。而那种只爱用谄谀媚上、哄自己高兴的领导，那可是"危亡之主"，恐怕是干不下去的。所以韩婴在文最后贴上的诗经语录，是《大雅·荡》中的两句，"不明尔德，时无陪无侧；尔德不明，以无陪无侧"。我查了一下，诗句文字与现行诗经略有不同，但意思应该一样，是说商纣王的自以为有德，其实只会残虐百姓，积怨敛怨，所以最后身边一个好人也没有。

《韩诗外传》似乎可以让我们看到古人是如何尊崇《诗经》和利用《诗经》管理国家的一种具体形式。

所谓"兴勃亡忽"的周期率存在吗？

　　据说,1945年黄炎培曾向毛泽东提出一个"兴勃亡忽"的周期率问题,毛泽东则回答,我们可以用民主打破这个周期率。我在百度上查到了此事的记录,说是在黄炎培所著《延安归来》一书《延安五日记》一文中,原文如下：

　　有一回,毛泽东问我（来延安）感想怎样？我答：我生六十多年,耳闻的不说,所亲眼看到的,真所谓"其兴也勃焉","其亡也忽焉"。一人,一家,一团体,一地方,乃至一国,不少单位都没有能跳出这周期率的支配力。大凡初时聚精会神,没有一事不用心,没有一人不卖力,也许那时艰难困苦,只有从万死中觅取一生。既而环境渐渐好转了,精神也就渐渐放下了。有的因为历时长久,自然地惰性发作。由少数演为多数,致风气养成,虽有大力,无法扭转,并且无法补救。也有为了区域一步步扩大了,它的扩大，有的出于自然发展，有的为功业欲所驱使，强求发展，到干部人才渐见竭蹶、艰于应付的时候，环境倒越加复杂起来了，控制力不免趋于薄弱了。一部历史，"政怠宦成"的也有，"人亡政息"的也有，"求荣取辱"的也有。总之没有能跳出这周期率。中共诸君从过去到现在，我略略了解的了。就是希望找出一条新路，来跳出这周期率的支配。毛泽东答：我们已经找到新路，我们能跳出这周期率。这条新路，就是民主。只有让人民来监督政府，政府才不敢松懈。只有人人起来负责，才不会人亡政息。

这件历史，几十年来学术界乃至社会上不停被讨论，且已经把"兴勃亡忽"现象提到了"历史周期率"、"兴亡周期率"的高度，并认为"兴亡周期率是规律，但规律也可以被打破"。我读这些讨论的时候，发生一个疑问缠绕在心："兴勃亡忽"真的是个周期率式的历史规律吗？

先说这话的源头，出自《左传·庄公十一年》的记载。宋国遭了大水灾，宋闵公对来慰问的鲁国使者说"孤实不敬，天降之灾"云云，表示自我批评，说灾害是自己执政不力带来的。鲁国大夫臧文仲因此感慨："宋其兴乎！禹、汤罪己，其兴也悖（勃）焉；桀、纣罪人，其亡也忽焉。"本意很清楚，是因小见大的感慨，说从宋闵公肯于自我批评的小事上可以看出，宋国可能要兴盛了。并没有说什么必兴、必亡，更与"规律"、"周期"无关。

后代史学家也常用此典，意思稍有扩大。如《隋书·列传》卷三十五文末对隋文帝与隋炀帝政权兴亡原因的对比分析（恕不详引），但也只是讲父、子两皇帝执政理念不同，一个是为了国家和百姓的安危，一个则只是为了个人私欲，"肆其淫放，虐用其民"，所以两代政权，一个其兴也勃焉，一个其亡也忽焉了。

再说黄炎培谈话的情况。据查，是其日记中所记1945年访问延安时与毛泽东的一段对话。当时黄说，自己六十年所见，多有一人，一家，一团体，一地方，乃至一国"勃焉"、"忽焉"的现象，然后说了一句，"不少单位都没有能跳出这周期率的支配力"。这里"周期率"一词好像只是信手借来用的词，丝毫没有把这些现象说成是"历史规律"的意思。而毛泽东的回答，也是接着、顺着黄炎培的话茬儿，说了"我们已经找到新路，我们能跳出这周期率。这条新路，就是民主"这句话。

很明显，毛泽东、黄炎培是在聊天儿，聊到"勃焉"、"忽焉"这类历史现象，想到将来共产党该如何执政的大问题。我觉得，他们对话中只是临时借用了"周期率"这个词。而把原意"因小见大"的一句古代名言，扩大为"周期率"，扩大为"历史规律"，恐怕是后来的一些政治解说家们"好大喜功"的拍马杰作吧。

一年四季轮流，这是周期。圆周与直径比例是个固定数值，称为"圆周率"。但一个政权的兴亡，可不是件简单事，也从不是按某个时间概念定期更替的。只看周朝政权东、西八百年，汉朝政权前、后四百年，君主都是几十任，有文有暴，有贤有愚，但政权都并非逢暴逢愚，即亡即灭；而丧失过政权的明崇祯、清光绪，都是苦心作为且比较能够自我批评的人，却未能挽狂澜于既倒。历史上政权更替的原因错综复杂，目前恐怕还找不到一个时间上的"周期率"和"客观规律"。将来呢？我想也难。不知还要经过多少年深入研究、科学探讨，甚至还需要天才出现，才能"水落石出"吧。顺便说一句，从哲学的角度讲，对于真正的"客观规律"，好像人们只能认识它，遵循它，以少犯错误。至于"打破规律"云云，是个悖论。能打破的事，还谈何"客观规律"？予学也浅，见笑方家。

"与人为善"之我见

在几千年来中国人奉行的道德观念中，"善"是极重要的组成部分。"积德行善"、"与人为善"、"勿以善小而不为"，是人人都讲得出的道德名言。我想在《说文解字》中查查这个善字，没想到，查"羊部"，查"口部"，都查不到。问了一位搞古汉语的朋友，人家直笑我，说："古代'善'字与今天不同，要查'言部'。"这回长了点儿学问，查到了。果然，那个"善"与今天长得不一样，是上边一个"羊"，下面并列两个"言"。这个字，电脑打不出来，我也只好还用这个"善"来写文。书中解释说："善，吉也，从言、从羊，此与美同意。"还说，这个字，羊的下面只写一个言字也行。朋友还告诉我，古代创造汉字的时候，"善"字不仅与"美"相通，而且与人们对美食的感觉相关，与"膳"字意思也相通。如《庄子·至乐》中有云："具大牢以为善。"膳即与善同义。您看这个字，上面一个"羊"，下面并列两个"言"，就好像是众人在赞美羊肉滋味之美。

所以说，"善"的核心就是古人认为的"吉"、"美"的事。然后，引入到人际关系中，才有了"与人为善"这个成语。这个成语出自《孟子·公孙丑上》："取诸人以为善，是与人为善者也。故君子莫大乎与人为善。"原意是讲君是从别人那里学习好的东西，完善自己，现代汉语中则已经转化为与人交往时要出于善意，多行善事之意。坐在家里修心是自己的事，走出门来就要与社会、与他人发生交际，善就是人们真诚沟通的通行证，是建立和谐社会、纯洁社会人心的良药，绝对是"正能量"。

如何做到与人为善？仁者智者各有所见。我突发奇想，觉得佛教有个"六根"的概念，不妨借来一用。现在读佛大多不是信仰，而是一种风气。佛门修行，一个追求就是"六根清净"。《佛学大辞典》："六根，眼耳鼻舌身意之六官也。根为能生之意。"即人的眼、耳、鼻、舌、身、意六官都是可以生长佛性的根，只要能去污成净，就可以长出佛性来。将这个意思套过来，我们也可以说，人要为善，首先要"六根俱善"，即眼善、耳善、鼻善、舌善、身善、意善。要能眼善，善眼观人，才能知道社会上"还是好人多"；善耳听人言，才能知道"良药苦口利于病"；鼻是嗅觉，鼻善就是指心要有静气，别臆猜臆测，疑神疑鬼；舌是讲话，要和风细雨，润物无声，不要恶语伤人；身是行为，即多行善事，"勿以善小而不为"；意是做事的动机，就是做事要坚持从善良的愿望出发，千万别总想着坑蒙拐骗或损人利己，别"恶向胆边生"。

诸君，想想吧。只要不是遇匪、遇盗、遇醉鬼、遇神经病等这些非正常人际交往，如果你是一个"六根俱善"的人，谁还会跟你争高争低，积怨积仇，成心跟你过不去，老给你小鞋儿穿？如果你周围都是"六根俱善"的国人，那这个社会天空该多么蓝，人心该多么净；"我们团结友爱坚强如钢"，歌声多么美；"在希望的田野上"，笑声多么甜！

说到这儿，可能会有朋友冷笑："痴人说梦吧？"但我想，这梦有什么不好，"中国梦"嘛！现在没有实现，不能说我们就不去努力。要努力，通过修善个人六根，进而实现全社会的"与人为善"。愿人人成为"大善人"。

与人为善之眼善

　　大才子苏轼与高僧佛印是挚友，两人经常一起谈天论地，说诗讲佛。一天两人在一起参禅打坐，苏轼端坐着问佛印："你看看我像什么？"佛印说："我看你像尊佛。"苏轼大笑。然后，佛印也坐端正了，问苏轼："那你看我像什么？"苏轼犯坏，说："我看你像一摊牛粪。"说完得意洋洋，觉得占了便宜。

　　苏轼回家在妹妹面前炫耀这件事，苏小妹冷笑一声说："你知道参禅的人最讲究什么？是见心见性。你心中有，眼中就有。佛印说看你像尊佛，那说明他心中有尊佛；你说佛印像牛粪，想想你心里有什么吧！"一席话说得苏轼惭愧不已（这个故事本人迄今未能查到原本出处，只能从文学书中借来）。

　　故事里的佛印和苏轼，就是一个眼善，一个眼不善。

不能善眼观事观人，恰恰暴露的是自己心性的不干净。这样与人相处，那是占了便宜丢了人，不可取也。

不要以为眼善是件很容易的事。即使是圣人，也不见得总能做到。《史记·仲尼弟子列传》载：孔子有个弟子叫澹台灭明，字子羽，"状貌甚恶"。孔子因此就看不上他，"以为材薄"。没想到，就是这个子羽，毕业后努力修学修行，做事光明正大，人品和能力闻名天下，追随他的弟子达300多人。孔子知道后，惭愧地承认自己是"以貌取人，失之子羽"。可见孔圣人也会闹"眼病"。

这就会有人反问了："如果就在你眼前，有一个坏人在干坏事，你怎么眼善？怎么看他是佛？"我说："眼善，不是要我们是非不分，颠倒黑白，以恶为善，而是说我们看人看事，要凭自己的善良之心。禅理说，众生即佛。做坏事成坏人，只是心性受了污染，蒙蔽了佛性。凭这一点善心，我们应该合力把坏人抓起来，送到公安局、法院，依法判刑坐牢，以拯救改造之。相信这些人是可再造的，不要先想着'一律就地正法'了事，那就是善眼了。"

与人为善之耳善

　　人在听别人说话时，心中会按照个人的心理定势做出反应。不同的心理定势产生的心理判断，常会是极端对立的。

　　讲耳善，是要检讨这个心理反应是善良的、不善的，抑或是恶性的。举个简单例子，俗语说"忠言逆耳利于行"，听到刺耳的话、不合自己心意的话，耳不善的人，可能就会"以小人之心度君子之腹"，轻者心中不悦，重者变脸作色，甚至勃然大怒、恶言相向。你想想，这种耳不善的人，要再是个重权在握的顶头上司，大人虎变，那你不仅会失宠，恐怕今后更有小鞋儿穿了。反过来，忠言对于"耳善"的人，则会闻过则喜，入耳入心，所谓"择其不善者而改之"，交了真正的诤友，得了医病的良药，成为了修养身心、改进工作的正能量。

　　还得说历史故事。《三国演义》中有一段叫"捉放曹"。

曹操谋刺董卓未成，仓皇逃走，途经中牟县时被抓获。但县令陈宫敬慕曹操是义士，不但放了他，并弃官舍命陪他逃路。走了三天来到成皋，投宿在曹操父亲的结义兄弟吕伯奢家。吕伯奢见到曹操十分高兴，热情安排食宿，并跑远路去买好酒。可曹操呢？他听见房后有磨刀的声音，又听到人说"缚而杀之，何如"，就认定主人是要谋害自己，于是"拔剑直入，不问男女，皆杀之，一连杀死八口"，最后搜到厨房才见一头捆着待杀的猪。真相大白。事做错了，但曹操毫无悔意，与陈宫继续逃走。路上遇到吕伯奢骑驴携酒提菜回来，并再次热情挽留，曹操头也不回策马便行，没走几步，忽然拔剑转回，叫住吕氏说："此来者何人？"吕回头看时，曹挥剑将吕斩于驴下，还说了遗臭万年的那句名言："宁可天下人负我，不可我负天下人也。"我说，这话其实就是耳恶者们的宣言。

刘邦的耳朵比曹操善。《史记·郦生陆贾列传》载：人称"高阳酒徒"的郦食其有才，但是个狂生。刘邦率兵路过，郦生冠履求见，想献点儿计策谋个饭碗。刘邦素来不大待见儒生，那天又是刚洗完澡，一听门人报告说来人是儒生模样，推辞不见。郦生被拒大怒，说："走！复入言沛公，吾高阳酒徒也，非儒人也。"这话可不大好听，等于公开叫板！没想到刘邦听了却立刻擦干脚，说："请！"可以看出，刘邦的耳朵是善的，知道敢向自己发脾气的人，可能有大学问。他能从大局出发去理解别人的愤怒，也因此身边团结了大批有才能的谋士，最终成就了大事业（当然，此故事不涉对郦食其这个人的全面评价）。

诸君，诸君，曹操耳恶，失的是天下人心；刘邦耳善，得的是天下人心。故事都是老的，但从耳善的角度来说，是可以读出新意来的。

与人为善之鼻善

　　鼻子是闻味儿的，我们可以将之理解为对人文环境的感觉和心态，虽然有点儿勉强。记得小时看童话书，常见有妖怪回洞，进门先耸耸鼻子，然后怀疑地说"怎么会有生人气"的情节。

　　物质环境讲环保，讲"绿色"。人活在世界上，在一个单位上班，在一个社区生活，心态也要讲"绿色"，讲"环保"。"文革"时，"阶级斗争天天讲，月月讲，年年讲"，使人成天疑神疑鬼、杯弓蛇影，乃至以邻为壑。现在是讲和谐社会了，心态可以放松一些。如果还是顽固坚持警惕一切的心态，鼻子总觉得"有生人气"，总是"疑心生暗鬼"，是不是有点儿傻！

　　范仲奄的名文《岳阳楼记》，讲了两种感觉，借来反思我们的鼻子对人文环境的感觉，那是绝妙。一是"阴风怒号，浊浪排空"，所以"忧谗畏讥，满目萧然"，令人"感极而悲"的气氛；一是"春和景明，波澜不惊"，所以"心旷神怡，宠辱偕忘"，令人"其喜洋洋"的气氛。其实境由心生。一个人鼻子不善，对于环境就总是提心吊胆，疑神疑鬼，如此处事，如此待人，谁还愿意与你交真心、做朋友？"善疑人者，人亦疑之；善防人者，人亦防之"（刘基《郁离子：任己者术穷》），意思是你疑我，我也疑你；你防我，我也防你；你整我，我也整你。最后环境必然越变越差，自己在别人心目中反而成了最让人提心吊胆、必疑必防的人。相反，一个人如果鼻善，总是心胸坦荡，开心快乐，以此感染环境，感染他人，那谁不愿意和这样的"开心果"做朋友呢？自己开心快乐，会带动朋友、大家都快乐，良性循环。鼻善，真可能有助于给自己建造一个喜洋洋的环境和生活。咱们是老百姓，乱七八糟的事少琢磨，有点儿阿Q，图个"喜洋洋"的生活环境，有什么不好！

韩非子在《说难》一文中讲过一个寓言：宋有富人，天雨墙坏。其子曰："不筑，必将有盗。"其邻人之父亦云。暮而果大亡其财，其家甚智其子，而疑邻人之父。你看，这位鼻子不善的富人对环境的不信任顽固到了何种地步。人家好心来劝，最终却还是被认为是嫌犯。谁愿意和这种人做邻居！

与人为善之舌善

　　北京有句俗话："听话听声儿，锣鼓听音儿。"这指的不是说话的声音、发音正确，或声调的美感，而是说从一个人说的话中，可以体味出其中的善意、恶意与言外之意。小孩子两岁左右话基本说全了，那只是指发音。如果真的长大成人，还得接着学，可能要学一辈子，学如何在社会交往中用合情、合理、合适的语言表达。所以我说有个舌头上的"善"与"不善"的问题。舌头善，说出话来，那叫合情合理，令人"如沐春风"，"润物无声"；舌头不善，说出话来，则叫"出言不逊"，"恶语伤人"。

　　舌善，可不是指话语的美丽动听，谄上媚主、阿谀奉承可不是舌善。为个人私利，不惜牺牲原则，不惜害事害人，尽管语言温暖殷勤，声调美妙舒心，但说话的人用心不良，还是条恶舌。这种舌头，为讨一个上司、几个领导的欢心，终被周围百千万人鄙夷不屑、嗤之以鼻。

舌善讲究的是真心实意，再加个电影的名字——"有话好好说"。

读《史记》读到韩信。韩信从楚王降职淮阴侯，心中不平，称病不朝。舞阳侯樊哙一直真心崇敬韩信，请韩信来家里吃饭。两人都是侯爵，樊哙对韩信却仍以王爵敬之，"跪拜送迎"，口口声声"大王"。没想到，韩信吃罢抹嘴出门，却来了一句"生乃与哙等为伍"，即"我这辈子怎么混到和樊哙这类人交往的份儿上了"。这就是"恶语伤人"。樊哙何许人也？那是刘邦的"一担挑"，对刘家忠心不二。后来吕后杀韩信，靠的就是樊哙的部队。这是说，自己心中有傲气，有怨气，偏要化成戾言戾语去伤人，最终还是害了自己。

常见有人说话伤人之后还辩解："我是心直口快，是好心。"好心就可以用话伤人么？上中学时学过《礼记》中的一篇文章《嗟来之食》，那时是要求会背的："齐大饥。黔敖为食于路，以待饿者而食之。有饿者蒙袂辑屦，贸贸然来。黔敖左奉食，右执饮，曰：'嗟，来食！'扬其目而视之，曰：'予唯不食嗟来之食，以至于斯也。'从而谢焉，终不食而死。"黔敖是想做好事，但一句"嗟，来食"，出言不逊，饿死了一个好面子的难民。

同样可提的还有刘备和关羽。刘备会说话，为与孙权结盟，亲自去向孙权提亲，要娶孙权的妹妹，结个政治婚姻。他知道孙权不愿意，但又知道孙权孝顺，不敢不听母亲的话，便通过乔国老联系上吴国太，在甘露寺见面，说话殷勤得体，吴国太越看越高兴，孙权在两廊安排下的刀斧手全没敢用，刘备的亲事成了。这才成就了孙吴联盟。可关羽呢，镇守荆州时，孙权为向关羽示好，也想与关羽结个政治婚姻，特派诸葛亮的哥哥诸葛瑾去为儿子提亲。没想到，"云长勃然大怒曰：'吾虎女安肯嫁犬子乎！不看汝弟之面，立斩汝首！再休多言！'遂唤左右逐出"。一句话，结下死仇，令孙刘联盟烟消云散。关羽最后"走麦城"，就是被孙权割了脑袋。用现在的话说，一言不善，会误党误国的呀！这可能也算"蝴蝶效应"了吧。

最后，还是那句话：请"有话好好说"。

与人为善之身善

　　身善，就是讲人要"行善"，身体力行地做善事，不做恶事。"行善"与佛教讲的"慈悲"是相通的。慈悲并非只是一种心态。辞典上说："与乐曰慈，拔苦曰悲。"就是说，慈给人以快乐，悲救人于苦难。可见"慈悲"更主要是指人的行为，看到别人有了痛苦，就去帮助他快乐起来；看到别人有了难处，就去帮助他解决困难。但佛教关于行善的理念中，似乎掺杂了太多的因果报应的劝诱，即强调行善可以积福、积德，"善有善报"等。而我理解的行善，则应该是纯净的，没有个人的功利之心，没有求获善报之心，不是什么个人的福德、阴德。

　　天津曾有个白芳礼老人，在他74岁以后的十九年生命中，靠着一脚一脚蹬三轮，挣下35万元人民币，捐给了天津的多所大学、中学和小学，资助了300多名贫困学生。他去世后人们发现，他的个人生活简朴得几近乞丐，他的私有财产账单上只是一个零。老人的行善事迹，至今感动着社会，净化着人心。这样的境界，令那些曾经捐出过百万、千万、上亿元做慈善的富翁们也感叹"高不可攀"。

再说个古代的故事。《战国策》载：中山国是个弱国。一次国君举行宴会，但准备的羊肉羹不够，大夫司马子期没分到，大怒，竟因此叛到楚国去了，并说动楚国来攻打中山国。中山国君兵败，只能狼狈逃跑。这时发现有两个人扛着武器紧跟其后，中山君回身问这二人意欲何为，二人对曰："臣有父，尝饿且死，君下壶餐饵之。臣父且死，曰：'中山有事，汝必死之。'故来死君也。"中山君喟然而仰叹曰："吾以一杯羊羹亡国，以一壶飧得士二人。"一壶飧，就是一罐子饭也，因为这一点善事，居然能让人舍命报之。

可见，事有大小，善无大小。你能解决伊拉克、叙利亚难民问题，拯民于水火，解民于倒悬，当然是行善；但雷锋雨中帮大嫂抱孩子，汉朝张良帮一个老人到桥下捡鞋子，或者公交车上你能给小朋友让个座儿，也是行善。事不在大，钱不在多，在心之诚。也就是孟子说的："挟太山以超北海，语人曰：'我不能。'是诚不能也。为长者折枝，语人曰：'我不能。'是不为也，非不能也。"

当前社会问题不少，我不是说都能靠行善来解决，但如果大家都来真心行善，解决种种问题必然能发挥最大的正能量。我想起上世纪 50 年代小学课本中有一则伊索寓言《北风与太阳》：北风与太阳为谁的能量大而相互争论不休。他们决定，谁能使得行人脱下衣服，谁就胜利了。北风一开始就猛烈地刮，路上的行人紧紧裹住自己的衣服，风见此，刮得更猛。行人冷得发抖，便添加更多衣服。风刮疲倦了，便让位给太阳。太阳最初把温和的阳光洒向行人，行人脱掉了添加的衣服。太阳接着把强烈的阳光射向大地，行人们开始汗流浃背，渐渐地忍受不了，脱光了衣服，跳到了旁边的河里去洗澡。

对于社会人心，行善就是阳光，你懂的。

与人为善之意善

意善，是讲人行事的动机要善。其实，在讲"与人为善"的时候，再说什么动机要善，这已近乎废话。与人为善这个词儿，恐怕还没有什么人会从中理解出恶意来。只不过，前面的文章已经按眼、耳、鼻、舌、身立了题目，对这个意善，也只好硬做下去。

首先想说的是，有些事表面看起来好像是善事，实际上做事的人，动机却可能有假有私有不纯，千万不能信或不可全信。现在一个地方发生了地、水、火、风的自然灾害，房倒屋塌，人畜伤亡，社会上捐助救灾的义举都十分感人，但也见报纸上揭发过有动机不纯的。我看过一份材料，说某次灾难后，有个所谓的"大芬油画产业协会"，搞了个所谓的捐画拍卖活动。但人们发现，活动中本不值几个钱的滥作，却动辄要拍上千上万元，这实际上是那几个人在打着义捐的旗号，趁机哄抬自己的画价，令人大跌眼镜。我自己也对一些"艺术家"们的行善方式有过疑问。要行善，要捐款，从囊中点出真金白银交过去就是，当下解决实际问题，很简单。但有的人不是，他们是扛着一支笔就进了灾区，或上了义卖会。刷刷刷大笔一挥，就报道几万元几十万元捐过了，家中存折巍然未动一分钱。这样事情的动机，我看就可能不那么纯。

古代有个成语叫"以邻为壑"，语出《孟子》。魏国的宰相白圭对孟子说："我治水的本事，比大禹还强。"孟子说："大禹治水，是把水引导入海，以四海为蓄水的沟壑。先生你却以邻为壑，把水引到邻国去，把邻国当作蓄水池，造成邻国洪水泛滥。你真搞错了。"治水，大善事也。但这位白圭先生治水的动机，只是为了个人的功业而不惜牺牲邻国百姓的利益，实在不足道也。

所以说，对于高举"善"字大旗招摇过市的事，对于唾沫乱喷，自封"善人"的人，有时也要睁大些眼睛，看仔细些。记得《伊索寓言》里那个《狐狸与乌鸦》的故事吧：乌鸦弄到一块肉，衔着站在大树上。狐狸看见后，口水直流，很想把肉弄到手，便站在树下，大声夸奖乌鸦的美丽，还说他应该成为鸟类之王，若能发出声音，那就更当之无愧了。乌鸦为了要显示他能发出声音，便张嘴放声大叫，而那块肉掉到了树下。狐狸跑上去，抢到了那块肉。所以，我说与人为善要"意善"的意思，是讲还要警惕"假善人"。

袁世凯的皇后是个"外行"

　　看到 2015 年 7 月 6 日《北京晚报》报道，原铁道部运输局副局长苏顺虎受贿案，被北京市二中院判处无期徒刑。引人关注的是其妻叶晓毛，一审时是以"隐瞒犯罪所得罪"起诉；但这次二审，重被确认为是夫妻共同受贿犯罪，共同受贿总额为 1300 余万元。可见夫妻二人是一同生活、一同犯罪的"贪腐同仁"。近年来，揭发出这样的夫妻"贪腐同仁"，似已是常见现象。真是应了那些俗话："夫唱妇随"，"不是一家人，不进一家门"了。

　　贪官污吏历朝历代都有，但也不见得都是夫妻共谋。我想起过云看过的一些资料，说窃国大盗袁世凯遗臭万年，但他的原配于氏，为人却还比较忠厚。她是河南一个财主的女儿，虽然当过八十三天的"皇后"，但没文化，目不识丁，不懂官场礼节，不大参与袁氏的窃国丑行。袁世凯于1916年元旦正式举行"登基"仪式并改元"洪宪"。而这天的于氏，在荣登皇后之位的仪式上真闹出不少笑话。据刘成禺《洪宪纪事诗本事簿注》载：当天，大臣的官眷们在袁世凯的亲家孙宝琦夫人率领下，穿着新制命服肃立朝见皇后并贺年。当女官们宣布请皇后升御座时，这位皇后却说："亲家太太、各位太太，皇后不敢当，不必行礼。"历史上谁见过皇后登基时还谦虚"不敢当"的？当官眷夫人们高呼"请皇后正位"，并伏地行九拜大礼时，于氏又是连说"皇后不敢当"，并要站起身来还礼，被女官们生生按在御座上动不了，一时"面红耳赤，吃吃大笑不止"。历史上谁见过登基时有皇后给臣民还礼的？直到仪式完了，于氏退下座来，还是不理解自己的尊贵程度，向孙宝琦夫人说："谢谢各位太太。做了皇后，连还礼都不能！真真是不敢当也。"

更可笑的是，接下来各位夫人请皇后率领她们去朝贺皇帝袁世凯，这位于氏皇后更来了个绝的，说："皇帝也不敢当，不必行礼！"第二天，皇后这几个"不敢当"就传遍了京城：登基大典上，皇后"不敢当"，皇帝也被说成"不敢当"，天大的玩笑。

讲述这个故事，我不是想夸这位于氏皇后老实厚道，当然也不是想讥笑这位于氏不懂礼数，而是孙中山先生后来的一段评论使我敬佩并记住了这件事。袁世凯称帝闹剧收场后，孙中山先生从日本回到上海，在一次大会上说过这么一段话：“吾人革命，对于国政尚多外行之事，理所固然。即如袁项城登基，其皇后受官眷朝贺，声声言‘不敢当’。岂有皇帝、皇后受臣下跪拜而言‘不敢当’者？足见袁家虽世代簪缨，身居帝位亦是外行。吾愿革命党人与闻国政，不做外行之事，如洪宪皇后之为‘不敢当’语也。”这就是政治家见解比我们高的地方。会看的看门道，不会看的看热闹。我们看的是个笑话，中山先生看到的是皇后是个外行，结论是：“吾愿革命党人与闻国政，不做外行之事。”

从今天的夫妇“贪腐同仁”，说到袁世凯夫人当皇后的外行，有点儿东拉西扯，我自己都有点儿晕了。没关系，记住“与闻国政，不做外行之事”十个字就行了。

读《夸父逐日》的遐想

"夸父逐日"是古代最著名的神话故事之一。爱好文学的人应该都耳熟，但恐怕都不敢说"能详"。因为对于我们这些业余览胜的人来说，能见到的历史资料太少了。资料虽少，但这个故事的知名度又如此之高，我想恰恰可以说明故事精神的感人，同时在欣赏时可以有更多遐想的余地。

读袁珂的《古神话选释》，知道"夸父逐日"的主要资料就是《山海经》，其中有两处记载：

《大荒北经》记："大荒之中，有山名曰成都载天。有人珥两黄蛇，把两黄蛇，名曰夸父。后土生信，信生夸父。夸父不量力，欲追日景，逮之于禺谷。将饮河而不足也，将走大泽，未至，死于此。"

《海外北经》记："夸父与日逐走，入日。渴欲得饮，饮于河、渭，河、渭不足，北饮大泽。未至，道渴而死。弃其杖，化为邓林。"

文字并不难读。我遐想：夸父确实是个英雄。你想他的形象：两耳各垂挂一条黄蛇，两手各持一条黄蛇，再想象他身躯健硕，长发飘飘，虬髯戟张，再加上威武的兽皮衣裙，赞！你想他的气魄：手指太阳，仰天狂呼，大步流星，汗流浃背，俯身而饮，黄河、渭河皆立马干涸，赞！你想他的结局：他痛苦地喊着："渴、渴、渴呀！"向着大海的方向奔去，终于体力不支，仆倒在地，手中的木杖远远地抛向青天，落下来，竟变成一片娇艳盛开的桃花林。多么美的一个失败，赞！

夸父为什么要追逐太阳？我想，这恰恰是这个神话里蕴藏的一个远古真实的精神。古代先民科学知识有限，每天看着一个养育万物的太阳从东边爬出来，向西边落下去，当然会一代一代地疑问和追问：它究竟从哪儿来？它究竟去哪儿了？终于，一个以蛇为图腾的部落里，一位勇士站出来了，宣布要去追踪太阳，考察太阳的家，并且勇敢地出发了。部落里的人们都说他是个疯子、傻子。他一直没有回来，而部落里还是一代一代继续问"太阳去哪儿了"的问题。渐渐地人们想起了夸父，理解了夸父当年去追日的目的，就是为了解决大家世世代代寻求解决的问题，他是探索科学的先驱，是一个民族英雄！从那时起，关于夸父的传说也变了。《山海经》中的两条记载，应该是在不同时期产生的。在《大荒北经》的记载里，还在指责夸父追日是"不量力"。而在《海外北经》里，人们已不再指责，而是承认了他的精神，理解了他曾经遭受的渴的苦难，并美化了他的牺牲场景，衍生出一根手杖。在他慢镜头倒下的时候，这根手杖抛出去，化成了一片娇艳夺目、美丽盛开的，属于这位英雄的桃花林。

人类的发展、进步，不就是建立在无数夸父式的英雄们不懈的追求和失败之上吗？

"大跃进"时的一番昏话

1958年，代表著名的"大跃进"年代。那时我们还只是小学生，成天跟着喊"高举三面红旗（总路线、大跃进、人民公社）"，大人和老师们让干什么就干什么。把家里的废铁或者还没废的铁器送到街道小高炉"炼钢"，敲锣打鼓在院子里乱跑"轰麻雀"，都是跟着起过哄的。成年之后才知道，那些事虽然好玩，其实并不是什么国家的幸事。

"大跃进"时，从上到下人们都好像昏了头。但昏到什么程度？《建国以来毛泽东文稿》一书中的一则资料，真令我开了眼界。资料是1958年山东范县提出1960年过渡到共产主义的一个规划，摘自范县第一书记谢惠玉在县共产主义建设积极分子万人大会上作的《关于范县二年过渡到共产主义的规划报告》^①。

一个县，两年就能建成共产主义？现在的人一看，百分百知道是"昏话"，但报告中说得可是认真，还列出了具体工作安排。简单摘一点儿，供大家欣赏：

工业：1858 年建水电站 8 处，1960 年建成黄河水利工程大型发电站 1 处。农村、城镇全部达到电气化、电灯化，并开始研究和利用原子能。

农业：农业生产万斤化。到 1960 年，粮食作物保证亩产 2 万斤，争取 3 万斤。棉花保证亩产籽棉 1 万 5 千斤，争取 2 万 5 千斤。花生保证亩产 5 万斤，争取 8 万斤。

共产主义乐园建设：全县 993 个自然村在三年内合并为 25 个共产主义新乐园。每个新乐园内设有妇产院、剧院、影院、幼儿园、养老院、疗养院、休假院、公园、托儿所、卫生所、图书馆、展览馆、文化馆、理发馆、青年食堂、养老院食堂、大礼堂、会议厅、餐厅、跳舞厅、浴池、供应站、广播站、体育场、发电厂、自来水供应厂、畜牧场等。

文教、科学、卫生、福利：二年建成大学 4—6 处，师范学院 1 处，中学 80 至 100 处，科学院 1 处，分院 10 处，农业大学 1 处。实行公费医疗。

丰衣足食：到 1960 年基本实行"各尽所能，各取所需"的共产主义分配制度。到那时，人人进入新乐园，吃喝穿

---

① 见中央文献出版社《建国以来毛泽东文稿》第七册《对〈山东范县提出一九六〇年过渡到共产主义〉一文的批语》及注释文。

用不要钱，鸡鸭鱼肉味道鲜，顿顿可吃四大盘；天天可以吃水果，各样衣服穿不完；人人都说天堂好，天堂不如新乐园。

文中要保证完成的任务，我也就只摘了一半吧。"丰衣足食"部分结尾那诗的语言，则每部分都有，我只摘这一处显示其语言模式。就这，不知诸君看"发昏"了没有？

但关键是，这个规划居然报告了中央，可见山东的省委、地委当时也在跟着"发昏"。中央把报告居然送上了毛主席的办公桌，毛主席1958年11月6日居然作了批语，曰："此件很有意思，是一首诗，似乎也是可以完成的。时间似太促，只三年。也不要紧，三年完不成，顺延可也。"毛泽东同志认为"似乎也是可以完成的"，说"三年完不成，顺延可也"，你说，老人家是不是实际上在带头"发昏"？

事情过去五十多年了，这些资料读来仍令人感叹，感叹那个中国人满怀激情，无视规律，盲目乱干的"大跃进"年代。当时的孩子们不懂事。可现在的孩子们看这些资料，就都能看懂吗？也许只会撇撇嘴，港腔一句："怎么可以酱紫！"

我们现在怎样聊打苍蝇、轰麻雀

与朋友闲聊天儿，聊到 1958 年的"大跃进"。大家都是那个时候的小学生，当时也不懂什么政治和政策，所谓的亲身经历，其实都是对童年生活的一些记忆。然后，聊到了在"除四害"时的打苍蝇。

当然，大家都是知道的："除四害"是"大跃进"中的第一场全民运动。1958 年 2 月，中央发出《关于除四害讲卫生的指示》，要求全国"在 10 年或更短一些的时间内，完成消灭苍蝇、蚊子、老鼠、麻雀的任务"。既然是全民的事，小学生自然也要参加。

七嘴八舌地聊。一位朋友说："老师布置完任务，我们是人手一拍（苍蝇拍）。不是见苍蝇就打，而是要到处找苍蝇打，每天向老师报告打了几只苍蝇，全班天天统计。"另一位朋友说："我们家穷，我爸舍不得买苍蝇拍，就给我剪了个硬纸片，扎满窟窿眼儿，固定上一根小棍儿当苍蝇拍。"有的说："我笨，手不快，老打不着。"另一位说："我们是上垃圾堆打，苍蝇乌攘乌攘的，一会儿就打一堆，用纸包成一包交给老师。从垃圾堆拍苍蝇回家，一身恶臭。"还有的说："我们校长当过兵，特认真，不许虚报，交来的苍蝇要一只一只数清楚。有个同学，一天报了几百只，弄虚作假，挨了批评。"

一位当年在农村的朋友说得更精彩："1958 年，俺在老家河北农村上小学二年级。农民家里多没有苍蝇拍，学校要求每个学生每天要上交十只死苍蝇，小孩子们都练习用手抓苍蝇。当苍蝇落在墙上或炕边儿、桌沿儿，把手指并拢作弯曲状，悄悄靠近，距离 15 厘米左右时，迅猛地抄过去，将苍蝇抓在手心里，找块硬地面，抡起胳膊，把手里的苍蝇摔死，然后装入小纸盒。我也练就手抓苍蝇，甚至能空中擒敌，抓住正在飞行的苍蝇。这技术、这功力，至今没丢。"

然后，又说到了"轰麻雀"。一位说："那会儿，满大街的人都在摇旗呐喊，敲锣打鼓或敲锅打盆地轰麻雀，热闹！"另一位说："那会儿受惊的麻雀只能在天上不停地飞，飞着飞着，'扑哒哒'掉下来，死了，累的！"还有的说："我们那儿还放二踢脚，爆竹声连天，跟过年似的。"还有的说："那会儿，只要不上课，让干什么都行，小孩子，高兴啊！"

然后，一个小朋友问："那打蚊子和打老鼠呢？"大家愣了一下，互相看了看，说："蚊子那玩艺儿太小，不好打，不记得专门去打蚊子。拍死的蚊子都烂了，也没法上交呀。老鼠，小孩子害怕，更不好打，好像家里有老鼠夹子，反正没什么印象了。"

　　大家兴高采烈地回忆着，沉浸在对童年生活那种天真无邪心态的情境之中，好像都很陶醉。

　　如今我们都已是退休老人了，当年这场运动的大背景，从互联网上可以容易查到。查到百度上有一篇署名"江夏情缘"的文章，题为《讲述1958年除四害运动的来龙去脉》，我们可以知道：

　　1958年，北京300万人总动员，仅三天就歼灭麻雀40多万只；1958年4月19日凌晨5时，当时担任全国人大委员长的刘少奇亲自到剿雀总指挥部督战。

　　上海人民大战一天歼灭麻雀和掏雀蛋35万只；安徽一个工人，一年消灭耗子2600多只，麻雀4700多只。

　　历来鸟语花香的四川，一个县向麻雀总围攻4天，"满山遍野竹竿如林，红旗招展，摆下了21万草人的疑兵阵，烧起了13万堆冲天烟火，构筑了天罗地网，麻雀四处逃窜，疲惫坠地"。另据《郫县志》记载，郫县10万人历时3天，共消灭上百万只麻雀。

　　"除四害"运动中，究竟消灭了多少只苍蝇，似乎没见过什么战果统计。

我们感叹：咦？居然五十多年过去了。那段历史，居然离今天已经是那么遥远、那么遥远，化作云烟过眼而去。留在我们这些老人心中的记忆，居然是一种悠悠的、童趣盎然的甜蜜，真怪。看来，个人的记忆，有时是会将历史是非异化的。

佛教怎么改革成这样了？

　　朋友在网上转了个帖子，《少林寺竟拿 17 亿善款在国外挥金如土》，说的是少林寺要在澳大利亚建分寺了。首先声明，此帖"善款"一词，文中未列考证，不敢说确实；"挥金如土"一词，显然带有贬义，我也不敢说准确。但文中附的照片，那拟建分寺的模型图，真是气势宏大，气魄庄严。同时也有张照片，是少林寺方丈在向澳大利亚肖尔黑文市市长支付最后一笔土地购买支票，市长加什表示："深感荣耀！"据说，少林寺除计划建造一座少林寺澳洲分寺外，还将建造一家四星级酒店，总投资预计约合人民币 17.6 亿元。对这些照片，我是相信的。然后，我脑子里跳出来一个问题："佛教怎么改革成这样了？"

　　我不是佛教徒，但尊重这个几千年来中华文化的一部分，对"文革"中佛教文化受到的无理摧残，也十分愤慨和痛惜。改革开放以来，佛教重新恢复、发展本无可非议，但在所谓的改革中，一些不断抛弃旧传统，日益摩登化的事情也确实令人费解。

过去的佛门，要靠微薄的庙产自己耕种，自食其力。现在的一些寺庙，不仅要收"门票"了，更是靠遍布庙中的"功德箱"敛财，确保养尊处优和殿堂日增辉煌。他们向信民灌输捐钱就是在积"功德"，孰不知禅宗的基本教义认为，供僧修庙的事"并无功德"，这可是达摩祖师说的。佛教讲求的是人如何修行自己的清净本性，这不是用钱可以买的。

过去的佛门，讲的是清修，在灵魂静静的自我批判中理解自己、理解人生、理解社会。现在的一些僧人，却是在锣鼓齐鸣地招摇过市，动不动还要组织什么艺术团，站到世俗市场经济熙熙攘攘的舞台上，靠蹦蹦跳跳、显示肌肉来大赚其钱。动不动还要建"四星级酒店"，大赚霓虹灯下的钱。而且据说寺庙赚的这些与修行无关的钱，还要有地方政府参加分成，进入地方财政的。

过去的佛教，讲的是苦修，认为生活的清苦有助于灵魂的清静。有了钱，都是捐到社会上去行善的。现在的佛门生活，已经是靠信民的大把捐赠，引入了全套的现代化，除了食素，有哪样是清，是苦？有张照片，少林寺方丈站在价值100多万元的奖品德国轿车旁，说："明年要拿更大的奖。"还有一张照片，少林寺接待87名"国际旅游小姐"，像联欢会一样，混杂一片，挤眉弄眼，大摆造型。

时代变了，佛教生活自然也会有变化，时髦的词叫"改革"。但变也好，改也好，都不应该把自己的基本理念连根刨掉。可以贴近世俗，但不能世俗化，不能邯郸学步，迷失了自己。别老让人问："佛教怎么改革成这样了？"

我们的读书与藏书

明朝焦竑的笔记《玉堂丛语》中,有一条题为"敏悟",记的是景清借书的事。景清其人,在《明史》有传,洪武年间进士,历任编修、御史、左佥都御史、金华知府等职,说此人"倜傥尚大节,读书一过不忘"。

"敏悟"条中载:景清在国子监读书时,一位同学有一本稀缺少见的好书,去借了,人家不借,他一再恳求,并保证只看一夜,明早即还,这才借到手。第二天一早,同学来要书,景清却装傻,曰:"吾不知何书,亦未假(借)书于汝。"那人大怒,向祭酒(国子监长官)告状。景清拿了那本书去见祭酒,曰:"此清灯窗所业书。"就是说,这是我景清从小苦读的书,然后哒哒哒哒背起这本书来。祭酒再问那同学这书的内容,居然一句说不出来。岂有自家的书自己不知内容的理?祭酒认定借书之事不实,反把那位同学训了一顿。出来后，景清立刻把书还给了那人，说："吾以子珍秘太甚，特相戏耳。"书本是供人读的，我看你把这书藏得太过分了，和你开个玩笑罢了。

景清"读书一过不忘"，其"敏悟"确实令人赞叹。可那位同学，有好书藏而不读，也确实有点儿问题。当然，这话可不针对那些以藏书为业的藏书家们。我自己算是个爱书的人，几十年攒出个小书房，读书之余，环视环视，颇觉自豪。有的好书，别人来借，真有不舍得的心情。一是怕人读法粗暴，污之损之。这事儿有过，书回来了，但已经被人家两岁的公子用圆珠笔加了大量"批注"。二是怕人"万一不还"，这事儿也有过。朋友不耐烦地说"找不到了"，我只好忍辱负重地再去买一本存。但要说读，实话实说，自己现存的书中，即使不算上无心通读的各种工具书，也是大多数没有通篇读过，而敢称熟读的，可能三分之一都不到，更别提像景清那样背诵如流了。古今学习方法不同，背书的功夫也不必非与古人比。但买书的目的本不就是为了读书吗？逛书店时觉得是好书，买了又不好好看，束之高阁，还觉得自己挺雅，这真的是有点儿病。景清读书，可以一夜成诵，这是"敏悟"，但也必是他长期爱读成癖，认真成癖，没钱买也要借书来读的经历形成的吧。这样的人，肯定能读出真学问来。一个人年纪大了，对自己存书的理念，也该改改了。有人来借，当然是为认真读而借的，有时不妨也痛痛快快说一句："拿去吧，不用还，物尽其用嘛。"

再多说一句。《明史·景清传》载，景清在洪武朝为官，后燕王朱棣夺权后，仍被留用原职。但景清心中坚持不从失棣，在上朝时怀藏利刃欲行刺，以弑君罪被磔（裂尸）死，而且连坐。全家、全族、全村人都被杀，老家成了一片废墟。当时人把这个称做"瓜蔓抄"。

亡国之君与亡国之因

　　自古以来，朝代更迭，自有原因。开国之君，对自己取得政权的原因，心里都是比较明白的。汉高祖、隋文帝、唐太宗、宋太祖、明太祖，那都不是一般的明白人，毋庸多说。宋太祖赵匡胤说自己"陈桥兵变"时，"诸校露刃列于庭曰：'诸军无主，愿策太尉为天子。'未及对，有以黄衣加太祖身，众皆罗拜呼万岁"[①]。这好像是被人持刀强迫，被"黄袍"加身，稀里糊涂当了皇帝。我觉得这是虚伪。真不想当，何必造反？真不想当，把黄袍扯下扔掉就是，怎么就又穿着黄袍领兵打仗去了？

　　可亡国之君呢？俗语说"亡国多昏君"，也就是说，其中明白人不能说没有，但大多是昏于治国，也昏于亡国

---

　　① 见《宋史·太祖本纪》。

耆。能昏到什么程度？有的是有点儿傻乎乎，如那位"扶不起来的阿斗"刘禅，国亡了，不知耻辱，还能说出那样的"千古名言"："此间乐，不思蜀。"还有比阿斗更有意思的，昏得亡国了，还自以为是，说自己正是太贤明了才被亡国的。

汉朝贾谊在《先醒》中讲过一个故事①：虢国的国君是个又骄傲、又任性、又自以为是的人，"谄谀亲贵，谏臣诘逐，攻治踌乱"，以至于晋国打来的时候，国人都不愿意为国参战。虢君慌忙逃走。到了一处河边，他说渴了，车夫马上掏出清酒奉上；又说饿了，车夫马上掏出肉干和干粮奉上。他奇怪："你怎么把逃难的东西带得这么全乎？"车夫说："我早就为您备下了。"虢君奇怪："难道你们早就知道我会国亡而逃？"车夫说："是。"虢君说："那你为何不早点儿向我进谏呢？"车夫说："您这人好谄谀而恶至言，我要早说，可能早就死了。"

这位虢君昏得够标准，老百姓乃至车夫都早知其国要亡，他自己还稀里糊涂。但别急，这故事还有后半段呢：

虢君听了车夫的话，变脸勃然大怒，吓得车夫赶紧改话头儿，连说自己说错了。但又过了一会儿，虢君还是没想明白，又问："你说实话，我亡国究竟是什么原因？"这次车夫会顺杆儿爬了，说："嘻，还不是因为您太贤明

① 见《贾谊集·先醒》。

了？您想，各国君王都是些不怎么样的人，唯独您贤明无比，那还不嫉妒您？所以就想灭了您。"这话一说，虢君高兴了，连连感叹说："唉！这人要是太贤明了，也是要受罪的呀！"晚上，虢君逃到了一个山沟里，睡着后车夫悄悄地逃走了，扔下虢君一个人，最后饿死山中。

阿斗亡了国，还说"乐不思蜀"，那是有点儿没脑子，不干事，傻乎乎，让人可笑可气，却也有点儿可怜。虢君亡了国，居然还顽固地认为是自己太贤明，别人嫉妒造成的，这就"百尺竿头，更进一步"，让人连可怜的心都没有了，只剩下可气和可笑了。

孔老夫子还是个懂马的大师

马是人类的朋友，被人类驯化已上万千年。期间，负人负物，拉车拉犁，造福经济，支援军事，而且还能文艺表演，娱乐民众。人懂马，马也懂人，俗话说"马通人性"。

孔子精通六艺，"御"即其一，大略等于今天的赶大车。孔子的赶车技术，历史记载不太具体，但他肯定懂马。如果《韩诗外传》的一条记载是真的，那孔老夫子就不仅是赶车的大把式，而且是个懂马的大师了。

《韩诗外传》卷二有一则故事，说孔子有一次评价颜无父、颜仑、颜夷这三个御师。他说："美哉！颜无父之御也，马知后有舆而轻之，知上有人而爱之。马亲其正而爱其事，如使马能言，彼将必曰：'乐哉！今日之驺也。'"这是夸赞颜无父真棒，出行之时，套上车子，马儿却显出负担很轻的神态，颜无父坐上车，马儿会对他表示亲近，然后高高兴兴服从指挥,高高兴兴做事。如果马儿能说话,它肯定说的是:"乐哉!今日之驺也。""驺",是小步快走的意思,等于说:今天这个活儿,可是真呀真高兴呀!

但孔子又接着说(恕我不再引全文),比起颜无父来,颜沦稍差一点儿。马倒是也不嫌车重,也会令行禁止,规规矩矩。但如果马能说话,它肯定会说:"驺来!其人之使我也。"走吧走吧!人让咱干活儿呢。至于颜夷,就不行了。一套上车,马就显出嫌重的神态;一坐上车,马满脸畏惧,也听命令,但总是一副怕干活儿的样子。这马要是会说话,它肯定说的是:"驺来!驺来!女不驺,彼将杀女。"快走!快走!你不走,他非宰了你不可。

三个车夫赶大车,孔老夫子一席话,这才叫会看的看门道。可见孔子的御艺之有名于世,不仅是赶大车时会吆喝"得儿,驾"一类的口号,更在于他懂马,理解马,可以与马用心交流,可以设身处地体会马的喜怒哀乐,是马的知音,是马的朋友。只有这样的车夫,才能得到马的真心服务。

说这话有人会问,这是真事儿还是个寓言?是不是太"拟人化"了?事情我是从许维遹《韩诗外传集释》中读到的,书中并未对事情的真实性作考释。但即使只是则寓言,那"寓"的是什么呢?韩婴在这个故事的结尾说:"故御马有法矣,御民有道矣。法得则马和而欢,道得则民安而集。"他本来想讲的就是治民、治国的道理。

颜渊也是个懂马的大师

　　颜渊，即颜回，孔子的大弟子。在《韩诗外传》中，居然还有一则关于颜渊懂马的记载，也挺有意思。

　　《韩诗外传》卷二中记载：颜渊陪着鲁定公坐在主席台上，看东野毕在台下操演御马之术。表演完了，定公对颜渊曰："善哉！东野毕之御也。"可颜渊却说："善则善矣，其马将佚矣。"就是说，"好是好，但我看一会他的马就要逃跑了"。定公一听，很不高兴，故意对身旁的人说："不是都说君子背后不说人坏话吗？难道也有君子背后说人坏话的？"颜渊见话不投机，就默默离开了。没想到，过了一会儿便有马房的人来报告，说东野毕的马跑了。定公大惊，立刻起身，叫人快请颜渊回来。定公问颜渊："刚才我说东野毕御马技术高，你就说他的马要逃跑。你是从哪儿看出来的？"颜渊不慌不忙说出如下一番话："臣以政知之。昔者舜工于使人，造父工于使马，舜不穷其民，造父不极其马，是以舜无佚民，造父无佚马。今东野毕之上车执辔，御体正矣，周旋步骤，朝礼毕矣，历险致远，马力殚矣，然犹策之不已，所以知佚也。"

这段话里，"政"，不妨理解成"管理学"的意思。即从管理学的角度看，舜会用人，治下的人从不会离他而去；造父会御马，其用的马也从不逃跑。可你看东野毕御马，演得是不错，但马都累成那个样子了，他还在那儿拿大鞭子狂抽不已，那马不想逃跑才怪！

定公还算是个明白人，颜渊一席话，说得他连连称善，听了还想听。颜渊接着说："兽穷则啮，鸟穷则啄，人穷则诈。自古及今，穷其下能不危者，未之有也。"即到了力穷无措之时，野兽会变得呲牙欲咬，鸟儿会张嘴乱啄，而人则会变得骗上骗下，不说实话。没见过那样儿还不出事儿的。

这回我也有点儿看明白了。颜渊真正想告诉定公的，还是舜管理的人为什么不会离去，造父使用的马为什么不会逃跑，那是因为他们在用人或用马时都是心存爱惜，而不穷竭其力，累死方休。

颜渊这一篇马论，令人感慨。没想到在"懂马"的本事上，颜渊也得了孔子的真传，也是"大师"。他们都"懂马"，而且都能从对马的认识引申到治民治国的大道理，真是"模范师徒"。与孔子论马一样，别管这件事是史实还是寓言，它确有道理。特别是可以对照一下咱们工作中服从过的那么多领导们，回忆回忆他们都是怎么用人的。

秦始皇长什么样儿？

据媒体报道，2015 年 7 月 20 日，从法国回归的珍贵文物 32 件秦墓金饰片，二十多年后终于重回甘肃。同时从公布的图片看，那些金闪闪的鸟儿们，精美绝伦，静静地传递着两千多年前中华文明的迷人信息。考古学家给这些金饰品上的鸟形图案起名为鸷鸟。

我不懂文物，但"鸷鸟"这个名字，却令我想到了秦始皇，仿佛记得《史记》关于秦始皇的记载中就提到过"鸷鸟"。去翻书，果然，是在《始皇帝本纪》中，是军事理论家尉缭见了秦始皇后，描述秦始皇长相时说到的。

《始皇帝本纪》载：在秦始皇废止了"逐客令"之后，大梁人尉缭来见秦始皇，当面提出了如何破六国合纵的策略，劝秦始皇用重金贿赂六国豪臣，离间六国团结，得到了秦始皇的肯定。事后，尉缭曾描述过秦始皇的长相，说：

"秦王为人，蜂准，长目，鸷鸟膺，豺声"，"鸷"就是在这里出现的。这可能是史书中对秦始皇长相的唯一具体记载了。"蜂准"，史学家们解释即高鼻梁；"长目"，顾名思义，应该是关羽那样的丹凤眼吧。而"鸷鸟膺"呢？膺是指胸部。从字面上讲，"鸷鸟膺"好像有点儿我们现代人讲的"鸡胸"的意思，但此文中恐怕不能理解为秦始皇身体瘦弱。见面时，秦始皇席地正坐，尉缭在下，只能从正面稍仰视之，从这个角度看到秦始皇身体像鸷鸟一样。鸷鸟乃秦地猎鹰一类的猛禽，我们可以想象，一只站立山岩之上的猎鹰，胸部前突，肌肉发达，两只强健的翅膀微耸，而紧紧夹持身旁，确实是个威猛勇武的标准形象。可见秦始皇还有点儿"健美男"的范儿。最后一句，"豺声"，是说秦始皇说话的声音像豺。豺狼仰天一嚎，其声恐怖慑人，可知要与秦始皇当面对话，是需要点儿胆量的。

综合上面所述：高鼻梁、丹凤眼、端肩膀、身躯强壮，再加上说话声音有点儿阴森瘆人，这就是秦始皇的真实长相。这长相是美是丑，是善是恶，是帅是衰，咱不懂相面，说不清，但总算有了一个亲见者的具体描述。不知现代的画家们画秦始皇时，是不是按这个样子画的。

尉缭是个军事家，有所著兵书《尉缭子》流传至今。尉缭见秦始皇的事，史学界有些争论，但我觉得都不见得比司马迁权威。《史记》中记载，尉缭在秦期间，秦始皇对他相当重视，"见尉缭亢礼，衣服食饮与缭同"，即高待遇、超规格,同餐共饮,穿的衣服都是与皇帝同样的料子。而我们看最后尉缭对秦始皇的评价,则是相当客观。他说秦始皇这个人,"少恩而虎狼心,居约易出人下,得志亦轻食人。我布衣,然见我常身自下我。诚使秦王得志于天下,天下皆为虏矣。不可与久游"。这人不重恩情,心狠如虎狼,没成事时可以低声下气,一旦得志,必然杀人不眨眼,天下人都会成为他的奴隶。这人不可与之长期相处。所以,后来尉缭想偷偷离开秦国,但被秦始皇发现,没走成,还强封了官。秦始皇尊重尉缭是真心的,并真的施行了尉缭出的计谋,结果成功了。

馒头还真是包子

  题目好像有点儿怪，其实想说的事儿并不复杂。

  上世纪 70 年代初，我还在部队当兵，有一年招入的新兵是河北沧州一带的。吃饭的时候我发现，班里新兵们管馒头不叫馒头，叫卷子，我觉得"真土"。没想到，新兵又一本正经地告诉我，他们那里是把我们称之为"包子"的食物叫馒头的。我差点儿没把饭喷出来：这不是指鹿为马吗？包子有馅儿，所以有个"包"字，这都不懂？我们几个北京兵，都把这个当笑话。

  过了很多年，我读了清代的《吟风阁杂剧》①，其中一出剧叫《诸葛亮夜渡泸江》，突然发现，"真土"的其实是我们这些说普通话长大的北京人。

---

① 《吟风阁杂剧》，（清）杨潮观著，上海古籍出版社出版。

《诸葛亮夜渡泸江》讲的是诸葛亮七擒孟获之后，回兵路过泸江，却被战争中的刀下冤鬼们作祟阻住。江边巫师忙牙姑告之，只有先到猖神庙祭奠了这些冤鬼们，才过得去，祭奠的用品须是"活人头七七四十九个，还要童男一对、童女一双"。诸葛亮说："说哪里话！如今事已平定，岂可妄杀一人？况杀生人，祭冤鬼，岂不冤上加冤？我自有主意，那童男女用纸糊像生代之，这活人头可用面包肉馅儿，塑成人首代之。"忙牙姑又请诸葛亮给这个假人头取个名字，诸葛亮说："象形会意，唤作馒头。"

一看这段古戏文，自然明白得很，我们称之为包子的那种"面包肉馅儿"之物，本来就叫"馒头"。诸葛亮"五月渡泸"，历史上称为征讨"南蛮"，面做的假人头就是"蛮头"。后来成了常规食品，用了"食"的偏旁，再用"蛮字之音"，才雅称"馒头"。而且，宋朝的《事物纪原》、明朝的《三国演义》也都有诸葛亮南征为"面包肉馅儿"取名馒头的说法。我们管它叫"包子"，才是后来的事。直到现在，北京所称的"包子"，在全国许多地方其实还是叫"馒头"的，主要在吴越、闽越地区，山东也有。

过去不知包子才是馒头，只因为自己孤陋寡闻。最近我又上网专门查了一下"馒头"，好家伙，关于馒头这点儿事儿的资料居然也是浩如烟海，徒叹中华饮食文化之博大精深，把个白面发酵蒸熟这点儿事儿，竟可引出这么多的历史名称、历史沿革、历史考证，绝不是千把字能讲清的。我对这事儿就有点儿自惭。几十年前，曾经自以为是个有文化的北京人，就敢用普通话去嘲笑其实真正有文化底蕴的"地方话"，恰恰暴露了自己才是真"土"。"生也有涯，学也无涯"，此之谓也。

王林事件让人害怕

最近，一个叫王林的"气功大师"涉嫌人命案终于被抓了，舆论一片欢呼且如潮如涌。

靠着裤裆里变蛇这类古彩戏法，就敢非法行医，坑蒙拐骗，而且攒下万贯家财，富甲一方，称霸一方，这事儿新鲜吗？不新鲜！古今中外都不新鲜。近三十多年来，从所谓"耳朵识字"的特异功能骗局开始，便有叫严新的、叫张宝胜的、叫张香玉的、叫张宏宝的……等等等等，"气功大师"层出不穷。骗局一旦揭露，抓的抓了，跑的跑了，一时销声匿迹。然而，给社会人心造成的思想创伤稍有平复，就又会有新骗子前仆后继而来。王林就是。

这些骗子们的气功治病把戏（我不是说正常的健身气功），其实就是封建迷信"跳大神儿"加古彩戏法的综合现代版。事实真相一旦被揭穿，看客一哄而散，完事儿等着看下一场呗。但这位王林大师的骗术，还有些不一般。网上曾经晒出大量王林与求医者、崇拜者的合影照片，都是文化、体育、艺术、娱乐各界明星，还有相当级别的一些党政领导人物及亲属，一时舆论哗然。对各位明星们的这次露脸儿，我倒觉得无所谓，反正本来就是些到处争露脸儿、搏粉丝，爱起哄的主儿。但对这么多达官显贵、党政领导及亲属的露脸儿，我可是有点儿后怕，不是怕他们丢了脸，而是害怕这位王林大师的骗术会不会渗透进我们国家的政治权力以内。这可不是吓唬人，而是古已有之的事。

中国历史上，政权更替最乱的时期莫过于唐以后的"五代十国"。这时期在南方福建、广州一带有个刘姓政权叫"南汉"，南汉的末代君主叫刘鋹。据《新五代史·南汉世家》记载，刘鋹执政昏愚无比。一是专用宦官。他的理论是："群臣皆自有家室，顾子孙，不能尽忠，惟宦者亲近可任。"所以朝中惟有宦官才受重用，竟到了"群臣有欲用者，皆阉然后用"的地步。二就是听命巫师。得势的宦官们又给刘鋹举荐了一个女巫师，叫樊胡子。这位女大师自称是玉皇大帝附身，刘鋹深信不疑，并"于内殿设帐幄，陈宝贝，胡子冠远游冠，衣紫霞裾，坐帐中宣祸福"。樊胡子是玉皇大帝，刘鋹只是人间天子，所以樊胡子管刘鋹叫"太子皇帝"，刘鋹则对这位巫师爸爸言听计从，乃至"国事皆决于胡子"。于是，樊胡子竟对皇帝下指示说，主政的那些宦官们都是上天派来辅佐你的，"有罪不可问"。

请看，这不是让人害怕的事出来了？樊巫师跳着跳着大神儿，变着变着戏法儿，就开始参与甚至指挥朝廷政治了，这样能不亡国？要说今日的骗子"气功大师"王林参与没参与政治，目前尚无确凿证据揭出，但已经有那么多高官在喊他"老师"，已经在一甩几千万元地干预司法调查，这要再发展几年，想想，不让人害怕吗？

感叹李时勉的硬气

翻书翻到明朝焦竑的笔记《玉堂丛语》，其中记载了当时名臣李时勉的故事，说"李时勉言事忤旨系狱，学士杨荣荐复职。洪熙改元，复以言触讳忌，仁庙大怒，命武士以金瓜扑十数下，胁断，曳出"。一读之下，我觉得这位李时勉可够硬气的，言事上奏，触怒皇帝，下了大狱，出来后仍敢直言，又被赏以金瓜暴揍，断肋拖出。有了这点儿感慨，我就又去读了《明史·李时勉传》，觉得这个人真有点儿故事可与朋友们分享。

《李时勉传》载：他姓李名懋，字时勉，（江西）安福人。小时侯家贫，冬天寒冷时甚至用破被子裹住脚，再伸到一个木桶中坚持读书。永乐二年中进士。其为人为官，"性刚鲠，慨然以天下为己任"。

第一次"忤旨系狱"的事发生在永乐十九年。永乐皇帝当时已经决心要迁都北京，而李时勉却上书反对迁都，皇帝十分不高兴，再加上后来又有人在其耳边说李时勉的坏话，便把他关进大狱呆了一年多。

永乐皇帝死后，仁宗即位，刚改元洪熙，时任侍读的李时勉又上疏直言，触犯了皇帝的忌讳，被召到便殿斥责，李时勉却当着皇帝的面表示不服。这次就是前面讲的，当场被"武士扑以金瓜，肋折者三，曳出几死"。你不是爱上书吗，第二天仁宗就下旨让他改任交阯道御史，而且每天必须审一个犯人，上一封奏章。李时勉拖着折了三根肋骨的身子，硬是三天写了三份工作报告。仁宗更生气了，第四天就直接把李时勉投到锦衣卫的大狱里去了。没想到，次日仁宗自己就犯了病，转过天来驾崩了，李时勉竟躲过了死刑。后来，锦衣卫中有个曾经受过李时勉恩的军官，悄悄为他找了医生诊治，这才活了下来。

仁宗死后，宣宗即位。有人和他说起当时李时勉不服仁宗的事，宣宗大怒，叫人："去大狱把他提来，朕亲自审问，必杀之！"使者走了，宣宗等不及，又对殿上的王指挥下令："也不用提过来了，直接拉到西市斩了吧！"事情也巧，王指挥是从宫中西门出去执行命令，前面派的使者却已经把李时勉五花大绑地从东门带进来了，两人没照上面儿。宣宗一见李时勉进殿，便破口大骂："你这么个小臣竟敢触怒先帝！你说说，当年你给先帝的奏疏都写了些什么东西！"李时勉说："我是劝皇上在居丧守孝期间不宜接近嫔妃们，说皇太子应该经常在皇上左右。"一听这话，这位在南京留守的当年太子、今日皇上才明白，李时勉的奏疏都是在真心维护皇帝的威信，维护自己这个当年太子的利益，怒气渐消。李时勉又接着说当年奏疏中的内容，说了六条后，说其他已经记不得了，而且奏疏的稿子也已经烧掉不在了。宣宗听到这些，也觉得这些都是忠心之言，不仅消了气，而且感叹这份忠心难得，立马松绑，并宣旨恢复李时勉宫中侍读的官职。等那位王指挥去大狱提人不着回宫复命之时，李时勉早已重新冠带整齐，肃立在龙座之前了。

在古代，皇上就是皇上，无缘无故发脾气，不讲理，要杀人，常见。像宣宗这样抖完了皇帝的威风，还能想想人家的话是不是有道理，改正自己的错误，也算不易。至于李时勉，服务于成祖、仁宗、宣宗、英宗四朝，忠心耿耿，人皆敬重。直到英宗正统八年，他仍担任国子祭酒之职，要求退休也不被批准。正统十二年终于获准退休之时，据《明史》记载："朝臣及国子生饯都门外者几三千人，或远送至登舟，候舟发乃去。"

读罢，我叹："忠心可鉴李时勉，见贤思过明宣宗。"

李寻欢像鲁迅么？

朋友问我："李寻欢像鲁迅么？"我笑起来："这么没头脑的问题！鲁迅是中国现代文化旗手，是大文豪、思想家；李寻欢是古龙武侠小说《小李飞刀》里的大侠，这怎么比？"朋友又说："就把他们当成我们生活里的人物呢？"

鲁迅的书，我读过不少，古龙的《小李飞刀》也确实读过，对主人公李寻欢的印象颇深，亦颇感动，但从未把这二位放在一起比较过。然而，真的硬就这么去想的时候，渐渐觉得也是个有点儿意思的活儿。李寻欢与鲁迅的不同，任谁都能随口说出一堆，关键是两个人的共同点——这事儿就有点儿琢磨头儿。

看形象："他大口的喝着酒时，也大声地咳嗽起来，不停的咳嗽使得他苍白的脸上，泛起一种病态的嫣红，就仿佛地狱的火焰，正在焚烧着他的肉体与灵魂。"这是谁？这是李寻欢。但难道鲁迅不也是这个样儿？

再看："他走进无物之阵，所遇见的都对他一式点头。他知道这点头就是敌人的武器，是杀人不见血的武器。许多战士都在此灭亡……但他举起了投枪。他微笑，偏侧一掷，却正中了他们的心窝。"[①]这是鲁迅。但把"投枪"换成"飞刀"，不也正是李寻欢的"例无虚发"？

李寻欢是侠客，鲁迅是文人。但李寻欢曾是皇上钦点的探花，而且是"一门七进士，父子三探花"的书香门第，本来就是个"文人"。而民国时期的文坛，说它是一个"江湖"，并不为过。鲁迅当年在文坛江湖上，以文章为投枪、为匕首，这就是他的"飞刀"。他呐喊民主自由，他的"飞刀"专门剃除国人劣根和社会恶疮，维护公平公正与人心良知，不畏强权，举旗前行，举世敬仰。说鲁迅是民国文坛江湖上的"一代大侠"，也绝对无错。

李寻欢是侠客，武功绝顶却深藏不露，是举止儒雅、性格沉静、常识渊博的谦谦君子。当他被诬为"梅花盗"时，他冷眼看着江湖上的邪恶，带着一种淡淡的忧伤，甚至是深深的自责，然后置之死地而后生，突然出刀，铲而除之。鲁迅曾长时间受到敌对阵营和自己阵营的前后夹击，被迫"横戈"而遍体鳞伤，还宁愿退入草丛里自己舔干血

---

① 引自鲁迅著《野草》中之《这样的战士》一文，见人民文学出版社《鲁迅全集》第二卷。

迹，依然何曾稍减对国家和人民的赤诚之心？鲁迅的精神王国与李寻欢确有相通之处。

谁说"武"里就没有文化，谁说"侠"里就没有文人；谁说文人里就没有"侠"，谁说文章里就没有"刀光剑影"？文与武，小说与现实，不是截然对立的。观人各有其术，看书各有其思，其中的文化内涵太深了。看书可以知人，看人也可以知书，混放在一起再"联想"一把，也未尝不可吧？

所以我的结论是：李寻欢是可以像鲁迅的，鲁迅也是可以像李寻欢的。

《黔之驴》说的是谁？

    《黔之驴》是唐代大文学家柳宗元的一则寓言，包括成语"黔驴技穷"，世人耳熟能详。简单说，就是有头驴被人带到贵州，当地老虎不认识，见它个子大，有点儿怕。后来试着去挑衅，发现驴其实只会咴咴大叫和用蹄子踢几下，就扑上去把它吃了。

    在这篇寓言中，"驴"到底指的是谁，故事中又寓了什么"言"呢？上中学时老师告诉我们，文章的寓意是："貌似强大的东西并不可怕，只要敢于斗争，善于斗争，就一定能够战胜之。"别笑，当时老师们"御用"的教学参考书在网上还可以查到，其中就是这样解释的。

    现在再读《黔之驴》，见到的解释好像有所变化，但只是把赞扬老虎的勇敢变成了讽刺驴的外强中干。如有点儿权威的《唐宋八大家文集》中柳宗元一集，编者就认为这篇文章是在"讽刺那些表面上声势显赫，实际上外强中干者"。我觉得这个说法沾点儿边儿，但还是没说透。

我反复地读了这篇《黔之驴》，认为问题的关键在于，这里的驴其实说的就是柳宗元自己，是柳宗元的自嘲自讽。

查《旧唐书·柳宗元传》：柳宗元少年时就"精敏绝伦，为文章卓伟精致，一时辈行推仰"（辈行，即同辈、同行们），21岁中了进士，后被王叔文执政集团拉进去成为骨干，官运亨通，33岁就当上礼部员外郎，成了高干。但王叔文集团把持朝政推行的所谓改革，不到一年就换了皇帝倒了台，集团骨干们一律贬谪处理。柳宗元被贬为永州司马后，在那个边荒之地一呆十年，"姥姥不疼，舅舅不爱"，生活孤独、心情郁闷至极。想回京城，不停给在朝者写信放悲声、托人情，也没人理。后虽又移任柳州刺史，但终于未能再回京城，47岁在柳州去世。《黔之驴》，就是他在永州精神痛苦挣扎时写的，是寓言《三戒》中的一篇。

我认为，一个"戒"字充分说明，这三篇寓言就是柳宗元对从青云一跤摔入泥淖惨痛经历的反思，是在警戒自己什么事今后不能再干了。那头驴为什么被老虎吃了？一是因为傻乎乎；二是显示自己能大鸣，能蹄之。柳宗元在给京城朋友肖俛、许孟容等人的信中说过，自己33岁就当了礼部员外郎（可算得"庞然大物"了），但这是"超取显美"，即因破格提拔而显得自己有能耐，说自己其实是"年少气锐，不识几微，不知当否"、"不知愚陋不可以强"，也就是说不但傻，还要露几招"花拳绣腿"。结果，"果陷刑法，皆自所取求，又何怪也"。这不就是那只老虎吗？其他类似之言尚多，恕不一一引出。

柳宗元写《黔之驴》，驴写的就是自己。而且他写的另一篇《临江之麋》的悲剧，那个傻乎乎的麋，宠它的主人一旦不在家了，便被曾经视为玩伴的狗们咬死，这其实也是写的他自己。有心者可以查查，柳宗元得意时是何等被皇帝赏识的，其意自可明白，不用赘叙。

谁还再唱《一分钱》？

 自己的生活可能有些闭塞，直到前几天看到报上一篇回忆文章，才知道著名儿歌"我在马路边捡到一分钱"的作者潘振声先生，2009 年 5 月 14 日就已经去世了。说实话，此前我并不知道这首儿歌的作者叫潘振声，但这首儿歌在我的脑海里回荡了半个世纪，从未忘记。更没想到的是，据文章介绍，上世纪 50 年代的儿歌《小鸭子》和 70 年代的儿歌《春天在哪里》，居然也都是潘振声先生的大作。我觉得太震惊了！

 "我们村里养了一群小鸭子，我天天早晨赶着它们到池塘里，小鸭子向着我就嘎嘎嘎地叫，再见吧小鸭子我要上学了……"这首 50 年代的《小鸭子》，和 60 年代的《一分钱》、70 年代"还有那爱唱歌的小黄鹂"的《春天在哪里》，这些是我终生都不会忘记的儿歌。它们都储存在我心灵档案的最深处，贴着"珍贵"的标签。在生活中对它们每一次轻轻的欸动，都会泛起金色的涟漪，散放出无尽温馨甜蜜的记忆。我像爱自己的童年一样爱这些儿歌，但我竟然从不知道它们的作者，就像我们时时刻刻呼吸着空气，却从未想过是谁把空气赐给了人类。我觉得太震惊了！

童年记忆的心灵档案中，还有当时的那些民谣：穿着花布衣服，两只细细的小辫子上下翻动的小姑娘们唱着："猴皮筋儿，我会跳，'三反'运动我知道……"，还有"小皮球，香蕉梨，马兰花开二十一……"，我们这些坏小子们在旁边嬉笑着捣乱。

回忆的思绪，仿佛一时进入了无数黑白照片、彩色照片交织的过去时光。对现实中的小鸭子、一分钱和春天的红花绿草，我可能已经不大注意，但对童年记忆中的那些小鸭子、一分钱和春天，却已经成为档案中的至宝，甚至是生命的一部分。

我忍不住要把这些写下来。潘振声先生在世之时，我未能述说自己的敬仰；在他去世的时候，我也未能表达自己的哀思，真是遗憾。但今天，不管他是不是什么世界级的儿歌巨匠，我只是在深深地体味着他曾经在我生活和生命中的价值，我只能用这些迟来的文字，做出我最诚心诚意的弥补。

在如今孩子们满口"哇噻"和"耶"的年代里，不知还有多少人珍惜那朴实无华的《一分钱》《小鸭子》和《春天在哪里》。我心里仿佛有一个声音在说：“你还想唱吗？想唱就唱出来吧。”“我在马路边捡到一分钱，把它交到警察叔叔手里边。叔叔拿着钱，对我把头点，我高兴地说了声：'叔叔，再见！'……”

陈抟老祖论睡觉

陈抟，是道教尊称为老祖的一位名人，宋太宗曾赐名号希夷先生，《宋史》中专门有《陈抟传》。中国土生土长的道教，如今在社会上却似乎不如佛教、基督教们著名和热闹，真是一件无可奈何之事。据说道教以修仙为宗旨，其实内容多为追求长生和养生之道，对我们这些不信"成仙术"的凡人来讲，剔去其吸精、炼丹、升仙一类的古怪，也会有不少有助于锻炼身体、保养健康的内容。

我不懂道教，是看了《古文小品咀华》中收入陈抟老祖的《睡答》一文，产生了一些感想。所谓"睡答"，即对别人关于睡觉问题的回答，因为陈抟是惟一以会睡觉闻名于古代历史的名人。

文中说，陈抟老祖在白云山巅刚睡醒，有位金励先生来访，问道："都说您一睡可以收天地之混沌，一觉可以破古今之往来。这睡觉还有什么道道儿吗？"陈抟说："有啊。凡人之睡也，先睡目，后睡心；吾之睡也，先睡心，后睡目。凡人之醒也，先醒心，后醒目；吾之醒也，先醒目，后醒心。"真是出语不凡。想想，我们一般人睡觉，确是先闭上眼，一会儿心也不知所之了；而这位老祖却是先知觉尽失，才闭眼。醒来之时，我们都是心里意识到醒了，才睁开眼；他却是先睁开眼，然后心里才觉得自己醒了。但这个差别的奥妙又究竟何在？老祖的回答挺深奥，我也没全看懂，但大概意思是说，这是因为世人的心，白天黑夜都纠缠于荣华富贵、贪生畏死的事上，而自己对这些则能"尽付于无心也"。

金励仍不解地问："睡可无心，醒焉能无心？"老祖说："人们醒着的时候，苦苦追求荣华富贵、长生不死，那其实还在梦中呢，根本没醒。所谓的梦，心还是追求白天的那些梦，所以睡不了好觉。我的心已经醒了，'无心'了，睡着了也不会去做那些不实际的梦，所以我睡得香，我醒的时候更不去做那些白日梦了。"我理解，老祖梦啊、醒啊一通绕圈子的话，可能就是有点儿"牙好，胃口就好，吃嘛嘛香"的意思。这样的好睡眠，谁不向往？

金励赶紧问："吾欲学至，如何则可？"老祖说了十八个字："对境莫任心，对心莫任境，如是已矣，焉知其他。"就是说，面对环境不要放任自己的欲心，而自己的心也不要轻易被环境干扰，就这么点儿道道儿而已。

咱不懂道教理论，但从保健常识上来讲，我觉得关键还是在那句"尽付于无心"上。要想睡好觉，应尽量保证睡觉时能有一种"无心"的心境，心里别装着那么多乱七八糟的事儿。小事如白天吵架吃了亏、工作粗心犯点儿错，考试没能得第一，没啥。大事呢？升职没赶上，有人告刁状，想开点儿，也没啥。事要再大些，到了受贿被揭发，纪委要谈话等等，这就不好说了，这已经属于"不做亏心事，不怕鬼叫门"的事，睡不好觉，什么神仙也救不了。所以，对于我们一般人来讲，努力做到"无心"而睡，那肯定睡得香甜，不做恶梦，醒来精神抖擞，心情愉快，高高兴兴，该干啥干啥，晚上再睡，香甜更上一层楼，那还能不健康长寿？

说着说着，觉得有点儿走题了。嘻，就那么回事儿呗！

读颜驷不遇的故事

读李贺诗《河阳歌》时，诗中有一句"颜郎身已老"。注释中说，这是用了汉武帝时一则"颜驷不遇"的典故，典出古代《汉武故事》一书，说的是："上（汉武帝）尝辇至郎署，见一老翁，须鬓皓白，衣服不整。上问曰：'公何时为郎，何其老也？'对曰：'臣姓颜名驷，江都人也，以文帝时为郎。'上问曰：'何其老而不遇也？'驷曰：'文帝好文而臣好武，景帝好老而臣尚少，陛下好少而臣已老，是以三世不遇，故老于郎署。'上感其言，擢拜会稽都尉。"①

---

① 《汉武故事》，又名《汉武帝故事》，共一卷，是一篇杂史杂传类志怪小说，作者不详，成书年代不早于魏晋。《四库全书》介绍："旧本题汉班固撰，然史不云固有此书，《隋志》著录传记类中，亦不云固作。晁公武《读书志》引张柬之《洞冥记跋》，谓出于王俭。唐初去齐、梁未远，当有所考也。所言亦多与《史记》、《汉书》相出入，而杂以妖妄之语。"

我第一个感觉是颜驷这人真倒霉，侍奉三朝皇帝了，成了须鬓皓白的老翁，居然还只是个"郎"级小官。要知道，汉代是以粮食计算俸禄，也因此可以粮食单位区分官员级别，高官都是几千石乃至万石，而这些郎官们级别才三四百石，在宫中的职务只不过是"掌守门户，出充车骑"的低级武官。这要放在现在的中央级单位，这资历咋不得混个"处级调研员"以上？

后来又想了想，唉，这事在当皇上的干部政策上也有为难之处。用人提拔，是与国家工作重心密切相关的。汉文帝礼义兴国，以德化民，所以用人重文，这有什么错？换了景帝后，首重天下养息，为政率由旧章，用人以年高谨重者为上，这也是理所当然。到了汉武帝，国富民强，但要北驱匈奴、南平诸蛮，拓土扩疆，事业所需，用人自然应是年轻新锐。颜驷之不遇，用算卦人的说法，这是"时也，运也，命也"。

我倒是很佩服颜驷本人的心态。已然满头飞雪了，就干脆英雄气短，不争不闹；在郎官位上历三朝而未升职，并没有牢骚满腹，回家"泡病号"，而是依然照常在郎署上班值班；面对皇上亲自问话，并不是喊冤叫屈，用眼泪、鼻涕哭诉，而是实话实说，一句"是以三世不遇，故老于郎署"而已。

所以，颜驷的事真的要从两方面看。一是皇上的用人干部政策。开明盛世即和平建设年代，不同于战争年代，物质待遇都是与工作、职务挂钩的，有"饭碗"的性质。一个干部从小伙子干到老翁，要生活，要成家养家，居然几十年未能升薪升职，这是政策设计有缺陷。另一方面，要承认时代不同，用人制度必然变化。一个人的知识、能力要适应时代变化，与时俱进，那么物质待遇与时俱进就是顺理成章的事。哭闹不是事，要不你就认命，要不你就去与时俱进地努力提高自己。

我觉得，汉武帝处理颜驷之事的做法也行，即"上感其言，擢拜会稽都尉"。不过，这个官有点儿破格照顾的意思，不如现在"享受某某级待遇"科学。

郑板桥为什么竹子画得好

　　郑板桥先生画竹子可谓天下闻名。现在谁要拥有一幅板桥墨竹的真迹，老百姓讲话："那可就发了！"我不懂绘画，在读《郑板桥集》的时候，看到书里专门有一部分为"题画"，是把郑板桥画上的题词收集到一起，其中大量是讲画竹的。读了几则，自以为对于板桥先生的竹子为何能画得这么好，有了些感悟，与朋友们共享。

　　一则题画写道："余家有茅屋二间，南面种竹。夏日新篁初放，绿阴照人，置一小榻其中，甚凉适也。秋冬之季，取围屏骨子，断去两头，横安以为窗棂；用匀薄洁白之纸糊之……于时一片竹影凌乱，岂非天然图画乎？凡吾画竹，无所师承，多得于纸窗粉壁日光月影中耳。"

　　这说明，竹子就是板桥先生的生活。他亲手种下竹林，每日就在林中漫步、午休，在屋内还用加框的白纸，自制了一个欣赏竹影的设备。他孤身客地为官，爱竹成痴，竹为亲人，每日生活在竹林竹影里，画竹就是画的自己生活，加上老天爷给的天分，那还能画不好？现在的人装模作样地上个什么培训班，整天临摹别人现成的作品，自娱自乐可以，想真画好，难。

又有一则曰："文与可画竹，胸有成竹；郑板桥画竹，胸无成竹。浓淡疏密，短长肥瘦，随手写去，自尔成局，其神理具足也。……有成竹无成竹，其实只是一个道理。"他还在另一则题画中说："其实胸中之竹，并不是眼中之竹也。因而磨墨展纸，落笔倏作变相，手中之竹又不是胸中之竹也。"

可见，板桥画竹，不搞教条主义。前人巨匠文与可说要"胸有成竹"，板桥偏讲"胸无成竹"也行，而且能画得更加"神理具足"，成就超迈前人。不盲目、不迷信，信自己、信实践，这才能有发展，有创新，有超越。

再有，就是板桥先生对竹子有深厚的感情寄托。

在一则题画中，他赞叹竹子说："盖竹之体，瘦劲孤高，枝枝傲雪，节节干霄，有似乎士君子豪气凌云，不为俗屈。故板桥画竹，不特为竹写神，亦为竹写生。瘦劲孤高，是其神也；豪气凌云，是其生也。"这里板桥先生对竹子的褒赞，恰恰也是后代的我们对板桥先生品德、气节、性格的评价。竹就是那个板桥，板桥就是那个竹，竹人一体，就像江湖大侠们的"人剑合一"。

郑板桥 61 岁时因得罪权官被罢免，临别潍县，为当地人画了一幅竹，那题诗就是板桥与竹"人剑合一"的写照，题词曰："予告归里，画竹别潍县绅士民：乌纱掷去不为官，囊橐萧萧两袖寒；写取一枝清瘦竹，秋风江上作渔竿。"这样的人，这样的心，你说，他画的竹子，别人能比得了？

别笑话我不懂画还在这里瞎评瞎讲。见仁见智，不怕人笑，而本心也是想吸引更多的人去看看《郑板桥集》而已。

袁世凯的金匮石室

宏观上看，辛亥革命是中国历史上最伟大的革命之一，结束了几千年的封建制度。但微观去看具体过程，又确有极奇怪的事，那就是胜利后把政权交给了袁世凯。

袁世凯堪称奸雄。他耍尽政治权术，逼临时大总统孙中山"让位"，并居然能迫使国会以"民主"的名义和"民主"的形式选举自己当上了民国大总统。一朝当上总统，袁世凯马上宣布国民党非法，继而解散国会，再制定《中华民国约法》取代《临时约法》，把大权都集中到了自己手中。然后，出台了一个《大总统选举法》。

这个"大总统选举法"，居然有个极为怪异的规定，就是关于继任人的产生办法，规定还是实行大清王朝秘密立储的金匮石室制度，即中华民国大总统承继人，由大总统亲书承继者三人姓名，秘藏石室金匮。大总统因故，由国务卿率领百官宣誓开柜，照大总统所亲书三人，案先后次序承继。史料载，这个金匮石室就建在中南海居仁堂旁边一小山坡上，室建四方形，全叠青白石门，用混金锁键坚牢，门扇单制。匮藏室内正中，匮色金黄，启匮内，有缕龙金盒，中藏承继书一册。

封建王朝的所谓石室金匮，原是朝廷保管最重要档案的方式。石室即石头房子，金匮即金属的"保险柜"，起源于西周成王时"金縢之匮"。历秦至汉，《汉书·高帝纪》便有"与功臣剖符作誓，丹书铁契，金匮石室，藏之宗庙"的记载。清朝的秘密建储制度则开始于雍正，是将自己选定的皇太子名字写成密诏，一份随身，一份藏于乾清宫宝座上方"正大光明"匾后，以减少围绕皇位的争斗。

那么，袁世凯在石室金匮的承继书中，究竟写下的是谁的名字呢？

据刘成禺《洪宪纪事诗本事簿注》一书载，袁世凯一命呜呼之后，黎元洪当了总统，打开金匮看了，却对谁也不说袁世凯写的是谁。后来是当时的总统府秘书黎劭平透露出来，说黎元洪当上总统后，当年五月初九日打开了石室金匮，"启匮中金函，取出黄绫面线装书一册，总统令随行人等一概退立门首，自展册阅之。阅毕合卷，纳册衣中，闭室回府，随行人等皆不知书中所言何事，所题何人。……一日陪黎闲话，黎无意中说出金匮石室所藏，黎为第一人，徐世昌为第二人，段祺瑞为第三人"。但是，黎劭平后来又问了当时袁世凯身边的指挥官徐邦杰才又得知，黎元洪看到的其实并不是袁世凯最先所藏书。袁世凯不得不宣布取消帝制后，曾偷偷进去更改过一次，而原来承继册上写的第一位承继人，就是袁世凯的大儿子袁克定。可见，袁世凯本心不仅是要当皇帝，而且还是要当一个家天下的皇帝。偷改承继册，乃是为掩人耳目，是其呜呼前对国人的最后一次欺骗。

　　一个"金匮石室"制度，让辛亥革命的民主共和旗帜蒙羞。

讲团结不是件简单的事

　　关于团结，毛泽东有一句著名的话，即："不但要团结和自己意见相同的人，而且要善于团结那些和自己意见不同的人，还要善于团结那些反对过自己并且已被实践证明是犯了错误的人。"[①]这段话在相当一个时期，亿万人都曾倒背如流。

　　这句话本身确实是正确的，毋庸置疑，但我总觉得还是有些缺憾。说要团结和自己意见不同的人，但为什么只强调了"反对过自己并且已被实践证明是犯了错误的人"，对另一方面，即如何对待那些反对过自己，但实践证明是反对得正确的人，却没有再强调？

　　我认为，要团结反对过自己并且已被实践证明是犯了

－－－－－－－－－－

① 见《毛三席语录》第239页。

错误的人，不是什么难事。是他自己犯了错误，除非不可救药，咱们伸出团结之手，他还能有什么可说，努力改正错误就是了。但对于人家反对自己，自己不听从人家的意见，最后证明人家意见正确，反而自己坚持的是错误，那处理起来才真不容易。

在古代，与君主意见不一致，给君主提意见，叫进谏。历史上进谏的故事，能被史书记载的，多是所提意见正确的人，但后来处理结果却大不相同。

《史记》载，殷纣王暴虐荒淫，忠臣比干看不下去，"遂至摘星楼强谏三日不去"，结果是纣王大怒，"剖比干，观其心"[1]。殷纣之败亡，于此可见端倪。

东汉末年，有称帝野心的袁绍会诸侯攻曹操，谋臣田丰进谏，批评其战略是错误。袁绍不但不听，反而把田丰下了大狱，说要得胜回来再算账。最后，袁绍大败。败后袁绍不思反省，却说什么"吾不用田丰言，果为所笑"[2]，为了自己的面子，竟把田丰杀了。

古代君主并非都如殷纣王和袁绍们。

《尚书》中有篇《秦誓》。秦穆公中了人家的反间之计，自恃会有内应，决心攻打郑国，蹇叔、百里奚等谏其不可，穆公不听，结果遭大败。《秦誓》就是秦穆公为这次战争失败做的公开自我批评。他以宣誓的态度向君臣说："责

---

① 见《史记·殷本纪》。
② 见《三国志·袁绍传》。

人斯无难，惟受责俾如流，是惟艰哉"，"我心之忧，日月逾迈，若弗云来。"①意思是：批评别人容易，接受别人批评而从善如流，太难了。我现在后悔没有听蹇叔的意见，怕再也没有时间改正错误了。他还说，过去蹇叔那些老臣的话我没听，今后我一定亲近你们给我提意见的人，就不会再犯这样的错误了。秦国是带着这个誓言强盛起来的。

再看唐太宗。《贞观政要》载，魏征忠心，"性又抗直，无所屈挠"，任谏议大夫时，向唐太宗进谏达 200 多条。你想，这哪儿能条条都让太宗心里舒服。但唐太宗却在宴会上向大家说："其尽心所事，有足嘉者。朕能擢而用之，何惭古烈？"魏征死后，唐太宗"亲临恸哭"，"亲为制碑文"，并伤心地说："昔惟魏征，每显予过。自其逝也，虽过莫彰。"②太宗能如此对待魏征，足见其成为大唐盛世的创业之君是有道理的。

至于当代中国，毋庸讳言，我们的政治生活中确实遇到过有些人持有反对意见，并且实践证明这些意见是正确的情况，但我们处理得十分不正确。只看 1959 年"庐山会议"就可证明，原定反冒进的主题，竟然一变成为打倒"彭、黄、张、周反党集团"，使得全党、全国的工作在"左"的道路上越行越远。

我们党确实应该更加重视如何正确对待反对过自己并

---

① 见《尚书·秦誓》。
② 见《贞观政要·任贤第三》。

且已经被实践证明是"反对得正确"的人和事的问题。讲团结不是件简单的事，这不是单指哪一个领导人，而是全党思想建设的大事。

鲁智深拳打镇关西的历史原型

中国古典文学中我爱读《水浒传》，对书中的故事，我又是特别欣赏"鲁提辖拳打镇关西"，写得尤其生动传神。鲁智深嫉恶如仇，见金翠莲父女遭卖肉的恶霸郑屠欺负，为金氏父女出气，三拳打死号称"镇关西"的郑屠，真个是见义勇为。你看他，"面圆耳大，鼻直口方，腮边一部络腮胡须。身长八尺，腰阔十围"，到了郑屠的肉铺，自称买肉，刁难郑屠，挑起事端：强要郑屠亲自操刀，先要十斤不能带半点肥的瘦馅儿，又要十斤不能带半点瘦的肥馅儿，又要十斤寸金软骨剁成的馅儿，不能带半点肉。郑屠无法做到，才明白这是来找茬儿的，按捺不住，提刀跳出肉案子开打。一个卖肉的恶霸，怎打得过勇武超人的鲁提辖！先是一脚踢倒，再是踏住胸脯，然后是"醋钵儿大小拳头"上来，一拳，"鲜血迸流，鼻子歪在半边"；二拳，"眼眶缝裂，乌珠迸出"；三拳，"太阳（穴）上正着……口里只有出的气，没了入的气"，一命呜呼了。

就这么个情节，作者施耐庵写得精彩！是怎么想出来的，有没有原型借鉴？研究文学作品的内容与历史和生活现实的渊源关系，是文学研究专家们的事。咱看小说，是看情节，看得过瘾，陶醉欣赏，不细琢磨这些，但看书的时候偶尔也能碰到一些值得联想的。

我看历史，发现后周皇帝郭威年轻时的一件事就与鲁智深的故事相似。据《新五代史·周本纪》载：后周开国皇帝郭威，"为人负气，好使酒"，18岁时，凭勇力应募当了兵。这在形象上就有点儿鲁智深的影子。有一次，郭威在街上转，见到"市有屠者，常以勇服其市人"，就是一个欺负人的恶霸，好像郑屠的影子也出来了。然后，"（郭）威酒醉，呼屠者，使进几（肉案）割肉，割不如法，叱之"。这不，郭威也是命屠者给他切肉，又说切得不好，大骂。最后呢，"屠者披其腹示之曰：'尔勇者，能杀我乎？'威即前取刀刺杀之，一市皆惊"。这是屠者"叫板"，郭威逞勇，一刀夺命。事情发展得很自然，但真不如施耐庵笔下鲁智深的"三拳"精彩、生动和富于文学性的浪漫。

稍细心对比一下，鲁智深打镇关西与郭威杀屠者的故事真是如出一辙。我认为，历史上的郭威杀屠者，就是施耐庵笔下"鲁提辖拳打镇关西"的原型。施耐庵写鲁智深的"三拳"，比郭威的"一刀"要生动得多，曲折得多，精彩得多。因为一个是史书，一个是小说；一个是生活，一个是高于生活，理所当然。郭威是五代的人，施耐庵是元末明初的人，把郭威的事作为原型，信手拈来，植入书中，是完全可能的。当然，《水浒传》都说是施耐庵与罗贯中合著旳，这与本文无关。

于是，我挺高兴。咱这业余文学爱好者，居然也能玩儿一把发现和考证。

吴趼人还是寓言作家

我读过《二十年目睹之怪现状》，知道了吴趼人是晚清谴责小说的代表人物之一，但后来又见到吴趼人所著《俏皮话》一书，才知道他还是寓言作家，而且是中国特色寓言的大作家。

这"中国特色"四个字，不是瞎安的。小时候读寓言，知道了外国的《伊索寓言》，其内容形式多是以生活哲理为主，编个人间的或动物界的小故事，再缀一条生活的哲理作结论。后来读《毛泽东选集》，知道了《愚公移山》这个中国的寓言，便觉得表现形式与伊索们有些不同，只是讲故事，道理并不直接说出，而是隐在故事之中。再后来读了些古典文学，才知道中国古代寓言类作品十分丰富。不仅《愚公移山》所出自的《山海经》，更重要的还有大名鼎鼎的《庄子》《列子》《韩非子》，堪称寓言精品的宝库。他们的寓言写作形式也与《伊索寓言》不同，都是先讲出一个道理，然后举几个说明道理的例子附在后面。这些例子有历史兴亡的经验，有生活得失的指南，大多有名有姓，但其实有真有假，是可以随口编的，内容多以治国理政方法为主。从某种意义上讲，这些都可以说是中国寓言作品的三山，只不过我们多把《山海经》当作古地理经典来研究，把《庄子》《列子》《韩非子》列入哲学、思想经典来研究，好像说庄子、列子、韩非子是寓言作家，是一种"低估"。结果到今日，真正把中国寓言作为古代文学研究专题的，寥寥；如果以"寓言文学家"为题，随便问一个中学生，恐怕知道伊索、克雷洛夫的要比知道庄子、列子、韩非子的人多得多。

再说吴趼人的寓言，从《俏皮话》一书中便可以看到其中国特色风格。一是前面说的道理隐在故事中的形式，恕不再言；二是内容表现形式更贴近于"笑话"，这与《伊索寓言》判显不同。读《伊索寓言》，时常觉得可笑，但后面一旦缀上了道理，就已经不觉得是笑话，而是道理。读《俏皮话》，看时会觉得是一则笑话，但觉得所言均与谴责时弊有关，进入思考，才觉出是个寓言。这一点，与中国古代的庄子、列子、韩非子们也有不同。而且我觉得《俏皮话》的写作，与《聊斋》更相类，特重讽刺时政、刺贪刺虐，而且入木三分。

随便举一则《赏穿黄马褂》：一白狗行近粪窑之旁，

闻粪味大喜，俯首耸臀，恣其大嚼。顽童自后蹴之，狗遂堕入窑中，竭力爬起，已遍体淋漓矣。乃回首自舐其身，自脊以后，为舌之所及者，皆舐之净尽。惟脊以前，仍是遍染秽物，作金黄色。于是摇头摆尾，入市以行。市人恶其秽也，皆走避之。狗乃叹曰："甚矣，功名之足以自炫也！我今日穿了黄马褂，乡里之人，皆畏我矣。"

《俏皮话》一书，收录吴趼人于晚清光绪时期发表在报刊上的寓言126篇，由陈叔度搜括编辑加注而成。咱没能力对寓言作品做真正的比较研究，只是觉得自己知道了吴趼人也是个寓言作家，就想更多的人能关注他的《俏皮话》和中国古代寓言的研究而已。

要养生，千万别"堵"着过日子

被列入中国古代思想家的，有一个人有点儿特殊，即杨朱，他是战国时期的魏国人。其特殊之处在于，一是历史上都公认他是个哲学家，而且是所谓"杨朱学派"的创始人，却没有一本著作留下来，他的见解都是散见于别的思想家们的著作中，如《孟子》《庄子》《列子》《韩非子》，以及《吕氏春秋》等书中。二是，其学说似乎是唯一以"自私自利"的观点成宗成派的。

记得早年读其他的书时，对这位杨朱，只有一些零零碎碎的印象，较深的有两条：

一是"临歧而泣"。如《淮南子》载："杨子见逵路而哭之，为其可以南可以北。"杨朱见到一个多岔的路口，可能类似现代那种有五六个方向出口的环岛吧，竟无缘无故哭了起来，说是感到人生总是前途莫测，悲从中来。如此多愁善感，真不像个哲学家。

二是"一毛不拔"。如《孟子》载："杨子取为我，拔一毛而利天下，不为也。"给人感觉是这人竟如此自私，也不大像个哲学家。

以上两条，随着后来读书渐多，我感到了自己望文生义的浅薄。专家们都说，其学说并不是浅薄简单的"自私自利"，而是强调通过个体的自我完善，进而达到社会的整体和谐。而坐在岔路口上哭，则是对人生意义的一种深度思索。这些太复杂，我也是懵懵懂懂，不说也罢。

我想说的是在《列子》中刚读到的一则寓言，与杨朱这个名字有关，也应与他的思想主张有关。这则寓言说杨朱讲过，晏子曾向管子请教养生之道，管子说："恣耳之所欲听，恣目之所欲视，恣鼻之所欲向，恣口之所欲言，恣体之所欲安，恣意之所欲行。"就是说，听你爱听的话，看你爱看的美，闻你爱闻的味儿，说你爱说的话，怎么舒服怎么呆着，干你愿意干的事儿，这就是养生。因为我已经退休了，所以看到这个养生的方法，还真觉得不错。

晏子接着说："想听的不让听，那不是你耳朵就堵了？"依此类推，其他几条也是。再把眼睛、鼻子、嘴堵了，身体堵着不能舒适，想干的事堵着不能干，这么多的堵都堵在你的生活中，就是能活一百年、一千年、一万年，那也不叫养生。

我想，这个观点的核心应该是在一个"堵"字上。想养生，就要注意调节自己的生活，怎么顺怎么过，别怎么堵怎么过。这些观点，在"版权"上可能有点儿绕。寓言是列子讲的，讲的是杨朱的观点，而杨朱讲的话又是借了晏子的名义。总之，可以认为这是列子借杨朱的名义讲的，不去纠缠也罢。从现代科学来看，这种观点可能有些"消极"，但也不无道理。我觉得周围许多朋友已经是退休赋闲之人了，必须要注重养生了。各种养生之道，都是仁者见仁，智者见智，能取其精华、去其糟粕才好。比如晏子说的这个"堵"字，就是精华。要养生，那就活个"顺"字，千万别"堵"着过日子。

都是一块羊肉惹的事

　　有一本书名为《东莱博议》，宋朝吕祖谦著，历来被视为古代议论文写作的典范之一。其内容是作者取《左传》内容写的 86 篇评论集成，本为其教学所用。现代的人，如果要学议论文写作，这也是本极好的借鉴资料。

　　书中一篇《宋华元羊斟》，文章虽不能说是最好的，但内容挺有意思。说的是（鲁）宣公二年郑伐宋的事，载于《左传·宣公二年》。当时宋国以华元为主将抵御郑师。战前华元杀羊劳军，分羊肉时没有分给自己的车夫。结果开战之后，这个车夫怀恨报复，心说：畴昔之羊，子为政；今日之事，我为政。分羊肉的事是你说了算，今天这马车可是我说了算！然后就赶车带华元直奔敌营而去，华元束手被俘。后来，宋人准备重金要去赎回华元时，华元却自己逃了回来。回来后见到那个车夫，华元并未责备，反而为其遮掩，说："是你的马出毛病了吧？"没想到，那个车夫却公然回答："非马也，其人也。"跟马没关系，就是我故意干的！说完，真的逃走投敌去了。"各自为政"这个成语，就是从这个一块羊肉的故事得来的。

一块羊肉惹出这么大的事，该怎么评论？好像很简单：车夫心胸狭隘，公报私仇，该杀；华元宅心仁厚，宽以待人，君子。再深一层，华元对车夫苛刻，一块羊肉没分好，也有责任。好像差不多了。

我们再看吕祖谦的评论。他先立了一个似乎不相干的论点，说"天下之情，固有厚之而薄，薄之而厚者，不可不察也"。人情世故，常常是看着感情厚其实薄，看着感情薄其实厚。你请客人来吃饭，要礼让客人先吃，自己家人后吃，好像是厚对客人，薄待亲人，其实真实感情还是对自己家人厚，亲人也不会因此觉得你薄待了他。

然后吕祖谦分析：羊肉没有分给车夫，就是因为华元把车夫看成是比得到羊肉的人更亲近的人，认为他不会计较，并且事情发生后还帮着车夫遮掩，更说明了这一点。车夫不懂这些，反而"忿戾勃兴，驱车趋敌，投华元于死地"，是个小人，不但对不起华元，而且对不起国家。

这样的分析，比起一般人要深入得多了。但再进一层：那这件事华元就真的没责任了吗？不。吕祖谦又说："然元亦不能无罪焉。日与斟周旋，不知其肺腑，犹以君子待之，一罪也；箪食豆羹见于色之人（即为了一点儿吃的就能变脸的人），乃与共载，托于死生，二罪也；情意未孚（信任）而遽忘彼我，以示无间，三罪也。"结论是：华元这人"明不足以烛奸，诚不足以通物"，也确是个早晚碰上这种倒霉事的人！

　　这样一件一块羊肉惹出来的事，吕祖谦的分析是有道理的，也给我们提供了与人交往的一个经验。拿出来示众，也是想向朋友们展示一下古人读书如何深入分析文章，如何评论文章的样板，从而提高自己的分析和写作水平。有此心者，《东莱博议》一书值得找来一读。

曾有个"文艺皇帝"叫李存勖

中国历史上有一种皇帝，懂文艺、会文艺，堪称"文艺皇帝"。最著名的应该是唐玄宗，"性英断多艺，尤知音律，善八分书"[1]，以音乐和乐器为主，风流倜傥。还有一个是南唐后主李煜，"善属文，工书画"[2]，更以诗词创作留名。但还有一个，知道的人少一些，就是五代时后唐庄宗李存勖。读《新五代史》的《唐本纪》和《伶官传》可知，这位文艺皇帝比唐玄宗、李后主更有特点。后两者或作曲吹笛，或写诗写词，都算得是文人；而李存勖是个一生戎马的戎将，"善骑射，胆勇过人"，又"好俳优，又知音，能度曲"，文武全才。这"俳优"用现代话说，可是戏剧表演哪！

---

① 见《旧唐书·玄宗本纪上》。
② 见《新五代史·南唐世家·李煜传》。

李存勖的父亲李克用，骁勇善战，号"独眼龙"，威震西北。李存勖11岁即随父征战，战功赫赫，后继承父亲当上了陇西郡王，并在公元923年当上了后唐皇帝，后世称庄宗。他做的歌曲，当时便流行于世。如一首《如梦令》："曾宴桃源深洞，一曲舞鸾歌凤。长记别伊时，和泪出门相送。如梦，如梦，残月落花烟重。"谁能想到这会是一位挥戈马上的战将写的！关键他还迷恋表演，当了皇帝后更是乐此不疲，《新五代史·伶官传》所载甚详。

如皇后刘氏的父亲本是个算卦卖药的出身，号刘山人。"庄宗乃为刘叟衣服，自负蓍囊药签，使其子继岌提破帽而随之，造其卧内，曰：'刘山人来省（看望）女。'"刘氏本来就忌言自己出身贫寒，因此大怒，而宫中却以为笑乐。

又如，李存勖曾经与群优演戏，自己四顾而呼曰："李天下，李天下在哪里？"这话好像在说李家的天下不在了，实在不吉利。一起演戏的演员敬新磨情急之下，居然上去就给了李存勖一个大嘴巴。大家都吓坏了。敬新磨一解释，李存勖不但不罪，反而大喜，赏之。这在封建时代可是少见。

李存勖爱演戏，就宠这帮太监演员们，到了纵容他们干预朝政的地步。他极宠的一个戏子周匝战争中被俘，胜利之后又归来，对皇帝说："被俘期间有两个人对我有恩，想为他们求个官做。"李存勖就答应封个州刺史。主政的大臣顶了一年不愿意办，李存勖居然为此向大臣求情，说：

"公言虽三，然当为我屈意行之。"这两人终于都当上了州刺史。

这么个文艺青年当了皇帝，已经够怪的了，而其最后的人生结局，没想到也披上了怪怪的文艺色彩。李存勖当了四年皇帝，他父亲的义子，也算他的弟弟李嗣源造了反，打得他十分狼狈。这时他身边的一个太监演员郭门高，是"黄甲军"（禁卫军）的主管，因对他曾经杀了自己义父郭崇韬怀恨在心，鼓动黄甲军发起哗变。李存勖逃出殿外，被乱箭射中而死，最后是他的御用乐团的演员们架起了一堆乐器，把他火化送行了。所以欧阳修在《伶官传》序言中说，《左传》有句话说"君以此始，必以此终"，"庄宗好伶，而杀于门高，焚以乐器。可不信哉！可不戒哉"①！

皇上好文艺，不奇怪；好演戏，也无所谓。美国有个总统里根，就是演戏出身。但一位骁勇战将，又好文艺，又好演戏，又当上了皇帝，又死于自己戏友的叛变，又火化于自己喜爱的乐器堆中——这在古今中外，恐怕只此一人了。

---

① 本文所列李存勖、郭门高事，均可见《新五代史》中《唐本纪》和《伶官传》。

察言观色东郭子

算卦相面是不是科学，我说不清，反正我不大信。走在街上，常见有人坐个小板凳在路边，或在过街通道中，脚前放个小筒子，内装竹木签子若干，便是此类人。我一般都是快步走过，心中暗道：您要是真能算命，也不至于在街上摆摊儿了。

不过，与相面有点儿类似的叫"察言观色"，我相信有些人在这方面确实有才能。一副面孔在前，一见之下，咱们的感觉也就是"认识"或"不认识"，可有的人却立刻能"噇噇噇"说出一大套来，说出这人的职业范围、文化程度、性格特点、生活习惯、喜怒哀乐……等等等等，整个儿一福尔摩斯。

古书中也有这样的记载。我在《韩诗外传》中读到东郭牙的故事，就挺佩服。说齐桓公单独把管仲叫到跟前，两人商量讨伐莒国的事情。没想到，很快就有外人知道了。桓公有点儿埋怨管仲，说："我和你单独谈话说这件事，怎么别人都知道了？"管仲说："您是不是以为有人有特异功能呀，东郭牙在不在？"桓公说在，叫来了东郭牙。管仲问东郭牙："这件事你有什么说法吗？"东郭牙说："我知道。"管仲又问："你怎么知道的？"东郭牙说："臣闻君子有三色，是以知之。""何谓三色？"东郭牙说："欢忻爱悦，钟鼓之色也；愁悴哀忧，衰绖之色也；猛厉充实，兵革之色也。是以知之。"

这"三色"，是说君子们有三种表情可以被人观察到。他们心中欢忻爱悦，表情就如听到美妙的钟鼓音乐一样；愁悴哀忧，表情就像有亲人去世时一样；而猛厉充实，那就是面对要动刀动枪之事了。这就是说，有人完全可以从齐桓公与管仲商量事的表情看出来是在商量要打仗的事情。

管仲又问："那又怎么知道是要打莒国呢？"是呀，看表情可以看出要打仗，但怎么能看出来要打谁呢？东郭牙还真有本事，他说："君东南面而指，口张而不掩，舌举而不下，是以知其莒也。"你们当时手指向东南方，而莒国就在齐国东南，而且你们当时口张而不合，舌头塞着，那不就是说"莒"吗？还真是，"莒"音"举"，发音时的口形，正象东郭牙说的一样。这一番话惟妙惟肖地告诉我们，会察言观色的人可以达到多么不可思议的程度。

谁都看得出来，东郭牙自己其实就是具有察言观色高水平的人。观表情可知是要动兵戈，看口形便知是莒国，这是一种能力，一种聪明，一种真本事。这件事究竟是谁传出去的，不知道，但朝中殿下那么多人，肯定有具备这种本事的人在。

桓公和管仲最后有没有再去查泄密者，是当人才查还是当罪犯查，故事都没有再交代。我只是想证明，现实生活中，我们身边常见有比我们更会"察言观色"的人，而当我们使用这个词时，却常常多少带点儿贬义，其实大可不必。细想想，这个词本没有什么善恶之分或阶级性。人有眼就是用来看的，有耳就是用来听的，有脑就是用来分析的。会察言观色，就是人家听力、眼力、分析能力比你强，这是本事。关键是看人，是好人、善人为办好事而察言观色，还是小人、恶人为私利或害人而察言观色。被人赞扬或鄙视的不是能力，而是人的品德。

中国古代怎么养鱼

我爱钓鱼，就有朋友问："古代有没有什么钓鱼的记载？"我说："不是有个姜子牙在渭水直钩垂钓吗？"他说："那不是钓鱼，是'钓人'，钓周文王来请他去做官呢。袁世凯也学着干过这类事。"后来我又查了查手边的书，《中华杂经集成》^①，挺大部头，却也只有《养鱼经》《鱼经》两篇，都是讲如何养鱼的。翻了翻，也长了点儿知识。

《养鱼经》，传说是陶朱公范蠡所作。齐威王问范蠡是如何养鱼发家的，范蠡则讲，鱼塘要建成六亩大小，池中要蓄茭荇水草，放入三尺长的怀子鲤鱼二十头、三尺长的公鲤鱼四头，从二月养到来年二月，便可"得鲤鱼长一尺者一万五千枚，三尺者四万五千枚，二尺者万枚……得钱

---

① 《中华杂经集成》，吴龙辉主编，中国社会科学出版社出版。《鱼经》《养鱼经》均收于第一卷。

一百二十五万"云云。我觉得，这事儿有点玄。二十几只成鱼，一年就养出七万条鱼，平均二尺半长，可能不那么靠谱儿。这篇东西也绝不可能是大名鼎鼎的范蠡写的，但究竟是何人何时托名而作，尚无从考证。

另一篇《鱼经》，说是明朝人黄省曾所撰。他说，用"怀子鲤鱼"繁殖的方法已经是"古法"了，而"今（明朝）之俗，惟购鱼秧"，即都是从购买鱼苗开始。先要向江上渔人家购买"如针锋"的小鱼苗，"饲之以鸡鸭之卵黄，或大麦之麸屑，或炒大豆之末，稍大则鬻鱼池养之家"，然后讲了这些"池养人家"所养鱼的种类、食物、饲养方法及注意事项。光他提到的鱼的种类，就不下二十种，一看就觉得是个内行，应该亲自养过或起码是这一行中的经营者，而且他也把所传范蠡《养鱼经》的内容全部引用到了自己的书中。

将这两篇一起来看，能够知道些什么呢？一是中国古代很早很早就开始鱼的专业养殖了，虽然不敢说周朝就有。而到了明朝，养鱼已经有成型的商品经济产业链了，捕鱼苗、养种鱼、养商品鱼都有了明确专业与分工。二是起码在明朝，养鱼行业对可饲养鱼的种类、主要产地、食性、习性、繁殖、鱼病、水品的适应性等，都已经有了相当成熟的理论。书中介绍得很详细，感兴趣的朋友可以找来看，此处恕不详摘。

还有一点有趣的是，范蠡的《养鱼经》提到，养鱼的时候要在鱼池中放进一些鳖，称之为"神守"。四月份放一只，六月份放两只，八月份放三只。因为鱼长大了是可以化龙飞走的，"纳鳖，则鱼不复去"。这也被黄省曾的《鱼经》未加批判地引用，可知在明朝养鱼人都还这样做。这是迷信，还是可能藏有饲养学中的什么道理，也未可知。反正现在的养鱼塘我知道，业主都是要在鲤鱼、草鱼塘中专门放些鲢鱼进去，说是可以清洁鱼池，钓到是不许带走的。同时，也见过有人偶尔钓上个鳖来，是不是业主专门放的，就没问过了。看起来，现代养鱼方式与古代相比，变化也不是很大。

古人钓鱼也讲哲学

有人说，近些年社会生活中有"两大流行"，一个是看佛书（不等于信佛），说是可以修心养性；另一个就是钓鱼，说是可以修静健身。钓鱼本是人类的生产活动，新石器时代即已存在。仰韶文化遗址便有许多鱼钩出土，石制、骨制、蚌壳制都有。后来逐步发展成铜制、铁制，乃至现代的钢制钩。姜太公渭水垂钓，想必是用青铜钩。

历史就是这样，钓鱼的人多了，时间久了，自然会产生技术员、技师类的人物，形成文化，产生理论。咱没有专业研究，古书中看到的钓鱼技术记载也很少，但确实有，我在《列子》中读到一则。

《列子·汤问第五》中有一则故事，说有个叫詹何的人，学钓五年，技术一流，可以"以独茧丝为纶，芒针为钩，荆篠为竿，剖粒为饵，引盈车之鱼于百仞之渊、汩流之中，纶不绝，钩不伸，竿不挠"。我说这是吹牛。用一根蚕丝作主线，芒刺为钩，荆条为竿，能钓上成车的鱼来，瞎说！但故事中又说，楚王知道后把詹何叫来请教，詹何回答说，自己的方法是"临河持竿，心无杂虑，唯鱼之念；投纶沉钩，手无轻重，物莫能乱。鱼见臣之钩饵，犹沉埃聚沫，吞之不疑"。这话讲得真内行，会钓鱼的人都会称赞在理。能做到心无杂虑，稳力操竿，确是能钓上来鱼的真诀。

但詹何这里的话可不是专讲钓鱼技术，"醉翁之意不在酒"。詹何介绍自己的钓法时说，我这是"以弱制强、以轻致重也"，"大王治国诚能若此，则天下可运于一握，将亦奚事哉"？楚王问的是钓鱼，结果得到的是执政治国的道理，即治国要心无杂虑，手无轻重（出手不能偏轻偏重），不要被杂事干扰，这样才能达到目的，解决大问题。楚王听了，一个劲儿点头称善。

从钓鱼也能扯到治国执政，这就是中国古代文化的一大特点，而且还都能扯到哲学的理论高度。所以你看，咱们生活的周围，政治家、哲学家虽然不多，但人人张口一句便带哲理，而且从官员、学者，到车夫、摊贩，皆具相当功力。坐上出租车，与司机聊五分钟，保证能聊到政治局管的事；菜场买菜，听菜贩谈人生，保证都能运用"一分为二"一类的哲学思维。

列子在这篇文章中说："均，天下之至理也，连于形物亦然。均发均县（悬）。轻重而发绝，发不均也。"要提起一个东西，用力一定要均匀。忽轻忽重，绳子必断。这简直又把詹何的钓鱼道理提高到了物理学，即地球万物都遵行的道理，张口就来，真厉害！

晏子如何当地方官

记得上中学时，我学过一篇课文《晏子使楚》，便对晏子这个人的勇敢和机智充满敬佩。尤其是"橘生淮南则为橘，生于淮北则为枳"那一段，背起来朗朗上口，兴致勃勃，能让人进入角色，好像自己也是在面对强者，侃侃而辩，特过瘾。

晏子，即晏婴，字平仲，战国时历仕齐国灵公、庄公、景公三朝，是景公朝的相国，也是中国历史上的名相之一。他的事迹，《晏子春秋》一书记载最详。而按吴则虞《晏子春秋集释》介绍，这部书骨架是历史，但内容来源则是当时古书约零星记载，加上大量民间传说轶事，某种程度上说，实际是一部"外传""外史"类的古典文学作品，或者说"是我国最早的一部短篇小说集"。

书中有一则《晏子再治阿而见信景公任以国政》①的故事，是讲晏子如何当地方官的，很有点儿意思。

齐景公任命晏子去东阿担任东阿宰，当了三年，结果对他批评和不满的意见遍传国中。景公很不高兴，下令把他免官召回。晏子见了景公，一个劲儿对不起，说："我知道我的问题在哪儿，请您再让我去东阿三年，这回我保证让美誉传遍国中。"景公也是想让晏子有个挽回声誉的机会，就又派他去了东阿。果不其然，三年后，国中遍传晏子在东阿工作的美誉。景公高兴，"召而赏之"，并问他的诀窍在哪儿。

看到这里，一般人会想：什么诀窍？改过自新，努力工作了呗。还真不是！

晏子先回答景公说："昔者婴之治阿也，筑蹊径，急门闾之政，而淫民恶之；举俭力孝弟，罚偷窳，而惰民恶之；决狱不避，贵强恶之；左右所求，法则予，非法则否，而左右恶之；事贵人体不过礼，而贵人恶之。是以三邪毁乎外，二谗毁于内，三年而毁闻乎君也。"（其中"窳"字，读音如禹，是坏的意思）这段话的意思就是说：第一次去东阿时，我是抓修路，抓百姓生活关心的事，因此惹得不务正业的人不待见我；我提倡勤俭勤劳，孝顺和谐，严惩

---

① 见《晏子春秋集释》卷五之第四篇《晏子再治阿而见信景公任以国政》。需要说明的是，同书卷七之第二十篇为《晏子再治东阿上计景公迎贺晏子辞》，讲的是同一个故事，内容有所差异，可见此事在古代就有不同版本。恕不详引。

小偷坏人，惹得那些懒人刁民不待见我；我判案子不照顾有钱有势之人的面子，这些人不待见我；下属身边的人求我点儿事，合法就办，不合法我不办，搞得身边的人不待见我；与在地方的权贵之人交往，依礼而行，绝不自损身份，这些权贵们也不待见我。总之，不务正业的人、懒惰刁民、有钱有势的人，这"三邪"到处说我的不好，而下属、地方权贵这"二谗"都想办法向朝中进谗言毁我，当然这三年您听到的都是毁我的话了。

晏子又接着说，这一回我又去东阿，全改了，不修路不恤民，不奖勤不罚懒，判案偏向有钱有势的，下属请托之事全办，对地方权贵竭力奉承讨好，这回"三邪""二谗"们都高兴了，到处说我的好话。有这"三邪誉乎外，二谗誉乎内"，这三年自然都是美誉传到您的耳朵里来了。所以说，"昔者婴之所以当诛者宜赏，今所以当赏者宜诛"，并说，这回您的赏赐我是真不能接受！

景公听了晏子这番话，才幡然醒悟，知道晏子真是一个贤才，便把国政交给他管理。又过了三年，齐国呈现出一片兴盛景象。

晏子用三年不正经干事的代价，换取国君明白如何评价地方官的道理，这值吗？我说，这只是个故事，没必要纠缠，关键是这个道理太重要了。如果只坐在朝中听汇报，满耳都是"三邪""二谗"们的意见，还以为这就是民意，是舆论，并且就依据"三邪""二谗"们的意见做决策，赏罚干部，那不是逼着基层小官们都向"三邪""二谗"们投降，最后不都要变成贪官吗?

老板请喝酒的时候

我们先设想一个场景：一间办公室里，大家正在催班干活儿。突然老板推门进来，笑眯眯地说："哥儿几个，有个饭局，哪位愿意陪我去？"肯定，会呼啦起来一大帮，或嗲声嗲气地，或笑嘻嘻地，都喊着要去。如果这时有个人冷冷地说："我这儿有正事儿，离不开。"肯定，大家都会觉得此人弱智，要不就是和老板有仇。

类似的这种事，在春秋时代也发生过。《晏子春秋》卷五中有这样一则故事，名为《景公夜从晏子饮晏子称不敢与》。

一天晚上，齐景公在宫中喝酒，一个人不尽兴，干脆叫人带上酒去晏子家，想与自己的相国共饮为乐。前驱带路的人到了晏子家门前大喊："大王驾到！"晏子闻听，急忙换上正装到门口迎接，问景公："是不是国际上出什么大事了，或者是国内出大事了？"景公大笑说："没有没有，朕就是想来和你一起喝顿小酒，听听音乐，一起高兴高兴。"晏子放心了，但是说："这些喝酒听歌的事儿，可以陪大王的人有的是，我不敢参加。"

景公一听，有点儿扫兴，就说："那我们去司马穰苴家吧。"司马穰苴，可是齐国的大司马（总司令）。景公转到了司马穰苴家，司马穰苴立刻披上盔甲，拿上战戟，跑到门口，问景公："您怎么半夜来了，是不是有敌人打来了，还是什么地方发生骚乱了？"景公还是说："没有，就是想和你喝喝酒、听听歌，共度个良宵。"司马穰苴居然与晏子的回答一样："这种事儿有的是人可以陪您，我可不敢参加。"

景公无奈，只好命令说："走走走，那咱们去大夫梁丘据家吧！"到了梁丘据家，一听景公驾到，梁丘据马上左手拿个瑟，右手拿个竽，哼着小调儿，一溜小跑出来。景公连说："好好好，这回能喝顿痛快的了。这真是，要没晏子和司马穰苴那两个人那么操心，我还真不会治国。但没有你梁丘据，可就没人陪我找乐子了。"

这个故事您听了有什么想法？我是觉得景公有时想喝口小酒，唱个卡拉，人之常情，主动上门请晏子和司马穰苴，那也是看得起的意思。可晏子和司马穰苴"夙夜在公"，二十四小时把自己放在值班状态，居然连君主请酒都敢辞，也不怕扫了君主的兴，这敬业精神实在难得。景公没有怪罪晏子和司马穰苴，还算是个明白人。至于梁丘据，书中有关他旳记载不少，本就是个特别善于察言观色、揣摩景公心意、有立场、无原则的人，一心一意为景公私生活奉献快乐，被景公视为对自己最忠心最有爱心的人。梁丘据死后，景公十分伤心，曾要给予破格的厚葬，但被晏子谏阻了。

再回到文章开头儿那个设想的场景。两千五百年后的今天，冇老板来请员工喝酒听歌了，还有没有为了公司的工作职责而说"不敢去"的？

作为和尚的僧一行事迹

僧一行其人，顾名思义，本就是个和尚，唐朝时期有名的和尚。可是一千二百多年后的今天，我们知道他，却主要因为他是一名天文科学家。1955年，我国曾发行了"中国古代科学家（第一组）"的邮票，其中第三枚就是僧一行，画像圆脸微胖，着庄严袈裟，目光深邃。下方注明："僧一行（本名张遂，公元683—727），天文学家。发起测量子午线的长度，得出子午线一度之长为25.27里。"

那么，作为一个和尚，其本职工作做得怎么样，是"不务正业"，还是"先进工作者"？好像关心的人并不多。为此，我去查了一些资料。我想，如果这人不务正业，还则罢了；要是个先进工作者，那对人家的历史名声岂不留下了缺憾？有些不公正。

僧一行，《旧唐书》与佛家《宋高僧传》均有传，《历代名僧辞典》《佛学大辞典》《佛教各宗大意》及野史《明皇杂录》等都有介绍。只不过，各书内容多有互引互抄之处，干货并不太多。但这些资料给我的感觉是，一行和尚在其本职工作领域，确实称得上佛门名僧，是佛门历史上的"先进工作者"。

一行本是河北巨鹿人，出身官宦世家，"少聪敏，博览经史，尤精历象、阴阳、五行之学"①，有过目不忘之能。在荆州出家，拜普寂和尚为师，但其佛学造诣之高，不久普寂就教不了这位高徒了。于是一行到处游学，曾在天台山国清寺专门学习数学计算。曾被唐玄宗召入宫中，一本宫中花名册，一行周览方毕，便倒背如流，玄宗"不觉降榻稽首曰：'师实圣人也。'"②。

在佛学上，一行尤其精通密宗，得到西来的密宗金刚智、善无畏两位顶级大师的真传，学陀罗尼秘印，与大师共同翻译毗卢遮那佛经，并著有《大日经疏》二十卷、《大日经义释》十四卷、《摄调伏藏》六十卷、《释氏系录》一卷，等等③（抱歉，这些密宗经典咱都未读过，乃照抄资料，显示一行的佛门业绩，绝非自己真懂也）。所以，在中国佛教密宗历史上，一行实际可称是"祖师爷"级的开创人，具有十分重要的历史地位。但或许因为其主要贡献是在密

---

① 见《旧唐书》卷一九一之《僧一行传》。
② 见《宋高僧传》卷第五之"一行"条。
③ 见《宋高僧传》卷第五之"一行"条。

宗，带有一些神秘色彩，社会认知范围较窄，所以其业绩较少为后代社会所知所传吧。

虽然一行制"大衍历"和测子午线的事这里不用再说，但他与唐玄宗的关系还值得一提。玄宗不仅赏识一行，两人之间更建立了深厚的信任和感情。《明皇杂录》载，"至开元中，一行承玄宗敬遇，言无不可"[1]，曾听一行的劝告而实行过天下大赦。开元十五年，一行在华严寺染重病，玄宗得知，下旨命京城名医诊治，并作了大道场为一行祈福。一行灭度后，玄宗"览奏悲怆，曰：'禅师舍朕，深用哀慕，丧事官供。'诏葬于铜人原，谥曰大慧禅师"，并亲自为一行撰写了塔铭[2]。

对于一行，如果我们只知道他是个天文科学家，不知道他是个如此优秀的和尚，只说他业余工作成就，不说其本职工作的业绩，您说，是不是有点儿不公平？

———————————

[1] 见上海古籍出版社《开元开宝遗事十种》中收录唐郑处诲著《明皇杂录》。
[2] 见《宋高僧传》卷第五之"一行"条。

晏子与拆迁户

这题目可能有点儿故弄玄虚。古代封建社会，"普天之下，莫非王土"，国君要盖宫殿，拆了你的房子，拆了就拆了，没什么道理可讲，没多少赔偿官司可打。但话又说回来，毕竟是自己的百姓，毕竟是拆了人家的家，因拆而产生的矛盾是必然存在的。《晏子春秋》中就有这方面的记载，卷二中有一则名为《景公路寝台成逢于何愿合葬晏子谏而许》的故事。

景公是个把国政交给相国晏子处理，自己游山玩水吃喝玩乐讲究享受的人，曾花三年多建了个"路寝之台"。那时的人将君王的宫殿称为台，"路寝"按《公羊传》解释，"正寝也"，即寝宫。宫殿修成之后，有一次晏子在路上遇到一个叫逢于何的人拦车诉冤，说自己的母亲刚刚去世，要与已经去世的父亲合葬一处，而父亲当年所葬之处恰恰就在新建路寝之台宫殿窗户下边（也有的专家解释说是在宫殿台基之下）。可见，这个逢于何的家就是建路寝之台时的拆迁户。晏子一听，这是要往新宫殿里埋死人哪，说："难哪！我就帮你向大王反映反映吧。真要办不成，你怎么办？"逢于何看来也是个轴脾气，说："那我就用车拉上母亲的棺材，守在车边绝食而死，让天下人都知道我连母亲都葬不了。"晏子急忙劝住逢于何，自己去向景公报告。景公一听，脸就拉下来了，说："从古到今，你听说过要把死人埋到君主宫殿里的吗？"

晏子对景公说："古之人君，其宫室节，不侵生民之居，台榭俭，不残死人之墓，故未尝闻诸请葬人主之宫者也。"意思是说，古代当君王的，修建宫殿讲节制、简约，根本不干这种侵占民居、破坏坟墓的事，当然没有这种矛盾。晏子接着说："今君侈为宫室，夺人之居，广为台榭，残人之墓，是生者愁忧，不得安处，死者离易，不得合骨。"您现在为修自己的宫殿，拆人家的家，平人家的坟，使活人忧愁安身无处，死者不能入自己的墓地与亲人合葬。这可是"丰乐侈游，兼傲生死，非人君之行也。遂欲满求，不顾细民，非存之道"。您这样为满足自己享乐，活人、死人的事都不顾，可不是为君之道，不顾百姓小民的利益，也不是治国之道。晏子最后又说："且婴闻之，生者不得安，命之曰蓄忧；死者不得葬，命之曰蓄哀。蓄忧者怨，蓄哀者危，君不如许之。"这件事处理不好，百姓因此而郁积的忧伤之情就会转变成怨气，甚至形成走极端的危险，请您还是答应逢于何的要求吧。

晏子这一席话说得精彩！先驳了景公说没有先例的观点；又讲清事件发生的根本原因是景公只顾私欲，不顾百姓利益造成的；继而指出处理不当的危险后果；最后是一句诚心诚意的恳求。景公无话可说，只能答应。

于是，"逢于何遂葬其母路寝之牖下"。那一天，安葬仪式后，逢于何立刻脱去孝衣，换上正装，没有眼泪，向景公和晏子行礼致敬，然后才满怀感激，满含热泪而去。

我不知道这个故事的真实性如何，只觉得晏子处理此事的过程作法令人钦佩。他的立场很清楚，国君有权力做自己想做的事，但不能不顾百姓的利益。该拆的要拆，但起码在情字上对百姓的意见要能理解，能通融，能宽容，顾大局。事关人心向背，要情理兼顾，把国家的根本利益放在第一位。得人心者，才能安天下。

附带说明一下，类似的故事，《晏子春秋》卷七中还有一则，题为《景公台成盆成适愿合葬其母晏子谏而许》。故事中人物变了，但内容十分相似，恐为原型故事的一本两传，不必再说。

还记得小时候玩过的游戏吗？

在《晏子春秋》卷六中读到一则关于"齐人好毂击"的记载，突然脑子里有什么联想闪了一下。文曰："齐人甚好毂击，相犯以为乐。禁之不止。"专家解释："毂，辐所凑也。"就是车轮集合辐条的那个部分，即轮毂。"毂击"，"相犯以为乐"，就是用轮毂部位相互撞击，以此为乐。这分明是一种游戏。大家围出场子，驭车场中，以轮毂部位相撞，或两车单撞，或多车互撞，欢笑声、惊呼声、加油声此起彼伏，这场景咱们不都亲眼见过吗？对，就是上世纪 80 年代城市公园流行一时的"碰碰车"！过去我还以为它是改革开放后从外国引进的公园游戏呢，居然早在两千五百年前就是齐国大众热门游戏了，这可是个重大发现。

毂击的游戏，毁坏交通工具，不符合晏子勤俭治国的理念。于是晏子故意坐了一辆新车出门，又在路上故意与人相撞，撞坏了车毂，便弃车而去，说车毂撞坏是一件非常不祥的事。晏子在国人中甚有威信，他这一说，百姓们都信了，也就都不再玩这个游戏了。

读完这个故事，我的思绪却穿越回到了贪玩的儿童时代，特别是上世纪50年代的儿童和小学生时期。

我小时候特别爱玩。大人上班，无暇管束，在狭窄幽静的小胡同里，后来在宿舍楼围成的大院里，在学校操场的角落里，我永远是各种游戏忠实的掺和者，沉浸在小伙伴们永无休止的欢笑声、争执声，甚至是扭打在地时的童声叫骂声中。

那时候都玩什么游戏？记忆全开，不胜枚举。有的是"官办项目"，即家长、老师们支持提倡的，如"老鹰抓小鸡""丢手绢""找朋友""跳绳"等，但对我这种顽皮孩子来讲，没意思。还有就是女孩子们玩的，如"跳皮筋""跳间儿（跳房子）""砍（沙）包"等，我们男孩儿常过去犯犯坏，捣捣乱。真正爱玩的，在家里是"扇洋画儿（或拍洋画儿）""弹球儿""抽陀螺""打排（pǎi）""剶刀""摔胶泥"，在学校则是"骑马打仗""撞拐"一类。要说"撞拐"，想起来还真是开头儿讲的齐国"毂击"的遗传，只不过不是用车，而是单足而立，两手端着另一条腿，互相对撞，不倒者赢。前几年电视台还举办过这种游戏的民间竞赛活动。

要说明的是"洋画儿"，这是50年代专门印制的一种小画片，有故事的、人物的、风景的、器具的，一大张一套，小摊儿卖。60年代后少了，改成用烟纸或作业本纸折叠而成的"扇三角儿""扇元宝"了。"剟刀"，是用削铅笔的小立刀，在地上划出方圆范围，轮流向其中飞刀立地，划为自己的地盘。"摔胶泥"，则是把湿泥巴团成小馒头，再把底部抠出窝头洞，用力摔向地面，"梆"的一声，比谁的响声大。"打排"，则是划出固定距离，前方立一块砖头或石片，这边抛出手中的砖头或瓦片去打击，比准确性。这都是简单说说，其实当时玩的规则要复杂得多。

　　小时候为了玩，没少挨家长骂、老师训。幸亏那时就有了一种"死猪不怕开水烫"的精神，才有了今日这穿越时光的回忆。这回忆，悠悠的，像夕阳里一缕炊烟在飘，像夜幕中万家灯火在跳，像溪水中一条小鱼在游，像心灵中一声婴儿在笑……

　　有了这些记忆，我想说，我们永远不会老。

《王子猷雪夜访戴》欣赏

　　读《世说新语·任诞》，有一条《王子猷雪夜访戴》，写得好，读后我觉得特别有意思，可与朋友们共同欣赏。原文不足 80 字，如下："王子猷居山阴，夜大雪，眠觉，开室，命酌酒。四望皎然，因起彷徨，咏左思《招隐诗》。忽忆戴安道，时戴在剡，即便夜乘小船就之。经宿方至，造门不前而返。人问其故，王曰：'吾本乘兴而行，兴尽而返，何必见戴？'"

　　文章令人赞叹。首先是文字之精炼，堪称典范。通篇是由二字、三字、四字、五字、六字的节奏构成，文清气顺，朗朗上口。更见功力的是，全篇无一冗字废字。不信，哪位朋友删个字试试？！这是古人古文的一大本事，非常值得我们常码字的人学习。

　　其次，那场景的描写真美。景：夜、山阴之居、大雪、四望皎然；人：酌酒、彷徨、咏诗，忽有所忆，乘小船而去。全是诗境。

最关键的是，这几十个字描述事件过程的曲折，完全出乎人的意料之外。大雪夜景的美和静，引出了主人公饮酒诵诗之情。诗，又引起了对外地隐居的老朋友戴安道的怀念，并转化为不惜劳累一夜乘舟寻友的行动。但结局呢，却是"造门不前而返"。为什么？兴起之时，无拘无束地就去做；一夜之后，场景变了，心境也变了，就不必再继续做，即"何必见戴"！这就是所谓随心所欲，所谓文人的不羁与洒脱！可见古人文章立意的高妙之处。你的阅读心情，不能不被他的笔牵着走。

过去读鲁迅先生的《魏晋风度及文章与药及酒之关系》，知道晋朝文人名士们性情之古怪，是有深刻历史和社会背景的，但没有想到可以到这种程度。这不足80个字，是纯素描，对主人公和行为没有一字的评价，但一个王子猷的形象在我们心中诞生了。任性，太任性了；洒脱，太洒脱了；无拘无束，太无拘无束了！再用一句现代人的话：放飞我心，太放飞我心了！

王子猷，即王徽之，是超级大书法家王羲之的儿子，史称为人傲慢放诞，卓荦不羁，有才做官但不愿理事，因好声色而被人指摘。可见这篇短文呈现出来的王子猷形象，与历史真实来对照，是片面的，没有反映出其被人指摘的一面。但我想，今日我们读的是文章，理解上不妨更超脱一点。管他是不是叫什么王子猷，反正这种洒脱处事的心态，让人羡慕。在现在普遍"兜里有钱，心里烦躁"的社会环境下，尽量洒脱一点，是好事。有些事情，想做时便去做，不想做就停下不做，没什么了不起，天塌不下来，人可以活得更自在些。这不足 80 字的短文，还为后代留下了"乘兴而行，兴尽而返"的俗语，使这个故事也能永远流传在历史文化的长河之中。

补说一句，《世说新语》，南北朝时期南宋刘义庆著，主要记述了后汉、魏和两晋时期达官贵族、名士文人的佚事传闻。很多人定其性为笔记小说，但我认为，笔记当然无疑，小说则不确，因其内容主要是记录，而并非臆造和创作。恕不详论。

看看这份和珅抄家清单

　　和珅是清朝乾隆皇帝时的奸相、贪相。乾隆死后，嘉庆上台仅六天就抓起和珅，下了大狱，数出二十项大罪，赐令自尽，抄没家产。《清朝野史大观》卷三载有《查抄和珅家产清单》一条，所记令人咋舌，录为资料如下：

　　钦赐花园一座，亭台20座，新添16座。正屋一所十三进，共730间。东屋一所七进，共360间。西屋一所七进，共350间。徽式新屋一所七进，共620间。私设档子房一所，共730间。花园一所，亭台64座。

　　田地八千顷。

　　银号10处，本银六十万两。当铺10处，本银八十万两，号件未计。

　　（金库）赤金五万八千两。

　　（银库）元宝五万五千六百个，京锞583万个，苏锞

315 万个，洋钱五万八千元。

（钱库）制钱一百五十万千文（以上共约银五千四百余万两）。

（人参库）人参大小枝数未计，共重 600 斤零。

（三器库）玉鼎 13 座，高二尺五寸；玉磬 20 块；玉如意 130 柄；镶玉如意 1106 柄；玉鼻烟壶 48 个；玉带头 130 件；玉屏二座 24 扇；玉碗 13 桌；玉瓶 30 个；玉盆 18 面；大小玉器共 93 架，未计件（以上共作价银七百万两）。另又玉寿佛一尊，高三尺六寸；玉观音一尊，高三尺八寸（均刻云贵总督献）。玉马一匹，长四尺三寸，高二尺八寸（以上三件均未作价）。

（珠宝库）桂圆大东珠 10 粒；珍珠手串 230 串；大映红宝石 10 块，计重 280 斤；小映红宝石又 80 块，未计斤重；映蓝宝石 40 块，未计斤重；红宝石帽顶 90 颗；珊瑚帽顶 80 颗；镂金八宝屏 10 架。

（银器库）银碗 72 桌；金镶箸 200 双；银镶箸 500 双；金茶匙 60 根；银茶匙 380 根；银漱口盂 108 个；金珐蓝漱口盂 40 个；银珐蓝漱口盂 80 个。

（古玩器）古铜瓶 20 座；古铜鼎 21 座；古铜海 33 座；古剑 2 口；宋砚 10 方；端砚 706 方（以上共作价银八百万两）。另又珊瑚树 7 支，高三尺六寸；又 4 支，高三尺四寸；金镶玉嵌钟 1 座（以上三件未作价）。

（绸缎库）绸缎纱罗共一万四千三百匹。

（洋货库）大红呢 800 板；五色呢 450 板；羽毛 600 板；五色哔叽 25 板。

（皮张库）白狐皮 52 张；元狐皮 500 张；白貂皮 50 张；紫貂皮 800 张；各种粗细皮共五万六千张（以上共作价银一百万两）。

（铜锡库）铜锡器共三十六万零九百三十五件。

（磁器库）磁器共九万六千一百八十四件。

（文房库）笔墨、纸张、字画、法帖、书籍，未计件数。

（珍馐库）海味杂物，未计斤数。

（住屋内）镂金八宝床 4 架；镂金八宝炕 20 座；大自鸣钟 10 座；小自鸣钟 156 座；桌钟 300 座；时辰表 80 个。紫檀琉璃水晶灯彩各物，共九千八百五十七件。珠宝、金、银、朝珠、杂佩、簪钏等物，共二万零二十五件。皮衣服共一千三百件；棉夹单纱衣服共五千六百二十四件。帽盒 35 个；帽 54 顶。靴箱 60 口；靴 124 双。

（上房内）大珠 8 粒，每粒重一两；金宝塔 1 座，重 26 斤；赤金二千五百两；大金元宝 100 个，每个重一千两；大银元宝 500 个，每个重一千两（以上均未作价）。

（夹墙内）藏匿赤金二万六千两。

（地窖内）埋藏银一百万两。

另又家人 606 名，妇女 600 口。

尚有钱店、古玩等铺，俱尚未抄。

以上，我不知道一般人能否有兴趣、有耐心、有毅力仔细读完。没关系，另有一条《和珅家产之籍没》，做了一个粗略的统计，说：查抄籍没的和珅家产共 109 号（项），"已估价者只二十六号，值二百二十三兆余；未估价者，尚八十三号，以三倍半为比例算之，当得八百兆有奇，可抵甲午、庚子两次赔款总额，斯亦巨矣"。并说时人为之语曰"和珅跌倒，嘉庆吃饱"。

当初我读到这则资料后，立即掩卷无语，如鲠在喉，半晌缓不过劲儿来。中日甲午战争，一纸《马关条约》，赔款白银两亿两；八国联军打进北京，一纸《辛丑条约》，赔款四亿五千万两，即所谓"庚子赔款"，搞得中国国力有如久病之人又屡挨闷棍。凡我国人，痛心疾首之余，还须紧衣缩食，贡献国家还债。即便说嘉庆朝在前，国力比光绪朝强，然而一个宰相家居然可以抄出八亿两白银的家产，还是不完全统计，真是：这次第，怎一个"贪"字了得！

太不幸了，和珅抄家二百年后的今天，我们又查出"亿元级"的贪官了，且不止一个。当然，现在的"亿元"与清朝的"亿两"可不是同等量级，但我们现在的政权更是与清朝完全不同的性质啊。堂堂我中华，岂能容贪官再肆虐？据说现在居然还有人对反贪反腐说三道四，我恨这帮人！

祝我亲爱的老母亲健康长寿

今天是9月3日，全国、全世界都在庆祝和纪念抗日战争胜利70周年。而我那从抗日战场走过来的亲爱的老母亲，此时只是躺在床上，静静的。窗外蓝蓝的天空、灿烂的阳光、飘扬的国旗、孩子们欢乐的笑声，她仿佛都没有体会，只是静静的。

她已经104岁了，瘦弱的身躯已经无法起立行走，大脑萎缩令她一天一天与这个世界隔绝联络。几年了，她每天大多数时间就是现在这样，静静地躺着。

我走到她的床前，亲切地叫一声"妈"，她会露出笑容说："你来啦，吃饭了没有？"然后，肯定会再问："孩子呢？"我的女儿也赶快凑上来叫："奶奶！"然后她会一下子涌出满脸的笑容，问起孩子的生活、工作、收入。这个场景是我们每一次去都要重复一遍的，她问这些同样的问题，我们认真地告诉她同样的回答。但对于她一生经历过的许多重要的人和事，当我们问她的时候，她却常常微笑一下，说："不记得了。"

她还记得亲身经历过的日本鬼子的烧杀抢掠吗？她还记得1943年投奔晋察冀抗日根据地时的险阻艰难吗？她还记得烽火硝烟里，她手里用过的那把算盘吗？她还记得胜利来临的那一天，漫山遍野的红旗在欢呼吗？

她还记得在昏黄的灯光下，为我们兄弟姐妹纳鞋底、缝新衣吗？她还记得夜幕降临时，常跑到家门口焦急地张望，喊我们回家吃饭吗？她还记得三年粮食困难时期，去几十里外的郊区拾菜叶，给我们蒸包子吗？她还记得"文革"中与父亲到外地投亲靠友时，曾经体味的世态炎凉吗？

有一件事她肯定还记得。十年前，单位派人送来了一枚金光闪闪的中国抗日战争胜利60周年纪念章，她笑得合不拢嘴，庄重而自豪地戴在胸前。我们拍下了她戴着纪念章的照片。她喜欢这张照片，一直摆放在桌子上。今天，抗日战争胜利70周年了，据说还会发给她一枚纪念章，我知道，她一定还会笑，笑得合不拢嘴。

104个春秋，一路上风风雨雨，一路上烽火连天，一路上含辛茹苦，一路上勤俭自强。在这个纪念胜利的伟大日子里，我想对她说："您是一个伟大的母亲，伟大的中国女性，您为祖国的今天贡献了全部的青春与热血。"在纪念胜利70周年的日子里，有多少您曾经的老战友们在接受单位领导的慰问，在接受红领巾少年献上的鲜花和祝福，在接受记者们的采访，讲述那段历史的辉煌。可是您没有，您只是静静地躺在床上。我知道，您从来不认为自己需要领导们来慰问，红领巾们来献花，记者们来采访。现在您在做的，只是静静地躺在床上，与疾病和衰老斗争。

104个春秋，您是依靠坚强的人生信念，用自己的双脚一步一步走过来的，无愧无悔。今天，大家都在庆祝、纪念、激动、欢呼的时候，您完全有资格选择享受安静这个特殊待遇，有资格不必显示出随大流的激动。我们也不会去挖掘您的回忆。该记住的一切，子孙后代都记住了。我只是想在您的床前，亲热地叫一声"妈妈"。当您露出慈祥笑容的时候，我相信，全中国、全世界都在与您一起高兴，一起欢笑呢。

祝愿我亲爱的、慈祥的、坚强的、英雄的老母亲，永远健康长寿！

鸦片战争以前我们不怕帝国主义

清朝中期，有个叫阮元的名人，又是封疆大吏，又是大学问家。研究清朝思想学术史的人都知道，他在经史、数学、天文、地理、金石上都有非常高的造诣，师承戴震，是徽派朴学后期的巨擘。在官场上，他曾任湖广总督、两广总督、云贵总督、体仁阁大学士等要职，被尊为乾隆、嘉庆、道光三朝阁老，九省疆臣。而在文学上，他被誉为桐城派之前的一代文宗。

我是在纪念抗日战争胜利 70 周年的这些日子里想起阮元的。阮元任两广总督九年，正值英帝国主义在华"逐渐跋扈"之时，他始终坚持维护国家尊严和法律尊严。曾有英国船在黄埔与民人争水，用鸟枪击死民人，阮元严饬洋商，必得凶犯，逼得罪犯无路可走，拔刀自刎而死。有一法国人打死民妇，他抓获凶犯，坚决照例绞决抵罪。他还领导了道光初年与英国人的的一场经贸斗争，并取得了胜利。《清史稿·阮元传》记载这场斗争较简略。清人梁章钜著《浪迹丛谈》卷五"英夷"一条中，记录了阮元自己对这场斗争的亲口回忆。他说："道光初，英夷有护货之兵船，在伶仃山用枪击死小民二人，我饬洋商向英国大班勒取凶手……传谕大班，如不献出凶手，即封舱停止贸易。大班又称实不能献出凶手……情愿停贸易……乃率各夷人全下黄埔大船，禀称……全帮回国，不做买卖。我发印谕，言尔愿回即回，天朝并不重尔等货税……于是各船不得已而出口，复又旋转在外洋校椅湾，停泊多时……未几，大班又禀兵船不知何时远遁，我等实愧无能，大人如准入口贸易，固是恩典，否则亦只好回国等语。而洋商亦代为禀求，并令大班寄禀回国，告知国王，下次货船来粤，定将凶犯缚来，方准入口，否则不准。大班亦同此禀求，我始应允。直至三年春，始照旧开舱通货。此事冬末春初，凡夷商人等皆惶惶……城中各官亦有为缓颊者，我一人力持，以谓国体为重，货税为轻，索凶理长，断不可受其欺胁。并饬其以后兵船不许复来，非是护货，适以害货等印谕……自我去粤后，兵船复来，门人卢厚山亦仿我之意行之，时有褒嘉之旨云：'玩则惩之，服则舍之，尚合机宜，不失国体也。'"

　　要说明的是，原文很长，我做了缩略，许多精彩或失，不无遗憾，有心者可再去查原书。作为两广总督的阮元，维护国格，坚持法纪，正气凛然，确实令人钦佩。你听："如不献出凶手，即封舱停止贸易""尔愿回（国）即回，天朝并不重尔等货税""国体为重，货税为轻，索凶理长，断不可受其欺胁"，这些话说得多好！这场战争，基本是中国胜了。

我更感慨：阮元这么掷地有声的话，为什么后来清朝能说的人却越来越少了？五十年之后，发生了鸦片战争，这回是中国战败了，并开启了中华民族在世界大家庭中受尽屈辱的那段现代史。帝国主义者为自己的经济利益，竟然不惜以鸦片为武器，腐化清廷官员，毒害中国人民，公然凭借坚船利炮武装侵略，割我香港，强开"五口通商"。有如一个香甜的苹果，英帝国主义咬下了第一口。然后是甲午海战、八国联军，是"世界列强"们纷纷涌来，你一口，我一口……由此，中国沦入了那个任人宰割的半殖民地半封建时代。自诩"天朝"的大国变为积贫积弱、列强可欺可食的"烂苹果"，自强自尊的文明古国变成了阿Q横行、仰列强鼻息的乞食者，真是不堪回首！问题是，鸦片战争前的五十年，中国自己究竟发生了什么？

这都是一二百年前的往事了。当纪念抗日战争和世界反法西斯胜利70周年的阅兵式在庄严雄伟的天安门广场举行的时候，当五星国旗率领我们足以维护自身尊严与世界和平的强大力量排山倒海走过来的时候，我们欢呼，我们自豪。同时我们也在说，我们永远不会忘记历史。

杂谈给孩子起名字

现在给新生孩子起名字，据说是件非常非常大的事。我虽然活了一把年纪，但还真没给孩子起过名字。掺乎过，但意见没被采用过。我自己的名字，以及我孩子的名字，都是我父母提出并决定的，"长者赐，不敢辞"也，而且我对此也确实没有过什么不满。

在我看来，人的名字各有不同，无非从文人的角度看来，有的文化内涵深一些，有的文化内涵浅一些，或说有的雅一点，有的俗一点。也有专取怪名字的，翻开厚厚的字典，专选冷僻古怪少人认识的字，最好是不但街坊邻居，而且从小学读到博士后，所有老师们都不认识，说这样的名字才叫取得有水平。

据我的理解，在正常情况下起名字，确实蕴含着某种意思的表达。

比如，孩子的出生与同时期值得记住的时政大事有关。象叫解放、建国、跃进、文革，或叫改革、地震，等等。近一时期议论多的那一家子叫路线、方针、政策、计划的，可能勉强也算这一类。至于最近这些天出生的孩子，叫阅兵的可能也不会少。

再比如，父母亲寄托了对孩子未来生命、生活道路的美好希望。像富、贵、健、康、吉、祥、顺、利、欢、乐、永、瑞一类，像忠、孝、仁、义、聪、敏、思、学、文、武、博、勇一类，都是希望孩子将来有文化、有理想、有道德、有纪律，当"四有"新人。

但是有一种，现在不大流行了，是特意"起贱名"，传统说法是"贱名好养活"，而且有利于度过生活的艰难时期，就有了什么牛儿、狗剩儿、二蛋一类的名字。

我从来没对起名字现象做过什么社会学研究，无非是想到哪儿就说到那儿。而且主要看到清人梁章钜的《浪迹丛谈》，在卷六中有一条曰《丑名》，觉得有意思，知道了那个"起贱名"的方法，其实也有很深的历史基础，包括达官显贵门。

梁章钜在这条中说："古人以形体命名，如头、眼、耳、鼻、齿、牙、手、足、掌、指、臀、腹、脐、脾之类皆有之。"如《庄子》中有人叫祝肾，《列子》中有人叫魏黑卵，《北梦琐言》中有人叫孙卵齐等。又说，"以畜类命名，尤古人所不忌"。如春秋时卫国有人叫史狗、史鱼、司马狗；南齐时有个张丑，在节府做参军，生了儿子，叫张狗儿，又生了一个，就叫张猪儿。《辽史》《金史》《元史》中，叫做"狗儿""猪狗"的最多，辽圣祖第五子，作到南府宰相，名字就叫狗儿。有个武将（都统），则叫纥回石烈猪狗。有个辽西郡王叫驴粪，有个做四方馆史的人叫李瘸驴，有个做太尉的叫丑驴。甚至《北梦琐言》中记载有人叫李嗑蛆、郝牛屎的。

以上梁氏所说，叫蛆、粪、牛屎，的确有些不雅，但名猪名狗的所谓丑名，就是前面说过的"起贱名"。历史上，在民间特别是民间下层中，乃寻常之事。

人的一生是贵是贱，是贫是富，路都是自己的脚走出来的，与名字起得如何没什么关系。刘邦在乡间当混混儿时，就叫"刘三儿"，不过当了皇帝，无人敢再叫了。朱元璋当过和尚要过饭，我不信那时节也文绉绉地被唤做什么朱元璋。能在家史、国史、世界史上放光的，是因为这个人为家族、为民族、为世界做了增光增荣的事迹，而不是名字取得好。

我知道，我的这个观点有点儿站着说话不腰疼，聊大天儿无所谓，在实际社会生活中还得说生个孩子是大事，取名字也应该当成大事。这里也是有文化内涵的，而且毕竟是要被人称呼一辈子的。只是开个善意的玩笑，希望不要繁花渐欲迷人眼，左难右难太累心了。

其实介子推也没那么委屈

　　介子推是个古代名人，战国时期的晋国人。他曾抛家撇业跟随晋国王子重耳流浪逃亡十九年，最落魄潦倒、无饭可吃的时候，曾从大腿上割下一块肉奉献给重耳。可当重耳终于回国当上晋文公的时候，首批封官封地的名单上却没有他，他于是背着母亲跑去绵山隐居。晋文公后悔去追，他坚不露面。据说晋文公想放火逼他出来，他却直到被火烧死也不出来。这事至今已有两千五百年，介子推这个名字，作为一个遭遇不公正待遇的骨气君子的形象，不断被后人赞扬、推崇乃至"堆高"。有皇帝给他封侯，有文人为其喊冤叫屈，有百姓为他建庙，甚至把"寒食节"说成对他的纪念。

　　我历来崇敬君子，闲来无事，查了查有关介子推故事的资料，感到内容的来源很杂，大量野史、杂史，而地方志一类资料多是民间传说，难以为据。比较可信的有《左传》《史记》《国语》，读后却觉得介子推的遭遇不像现在传得这样冤。

一是介子推追随重耳流亡十九年是真，是忠臣，但他在重耳的大臣中并不处于核心地位。《史记》载当时重耳身边的重要人物是"贤士五人"，即赵衰、狐偃咎犯、贾佗、先轸、魏武子；还有"其余不名者数十人"，介子推属于这里面的。在流亡的十九年中，关键时刻、重大决定，都是"贤士五人"们参与的，甚至在齐国时，重耳曾贪恋安逸，心志动摇，不愿离开时，他们竟合谋灌醉重耳，劫持他离开齐国，使得重耳恨得骂狐偃："事不成，我食舅氏之肉。"（狐偃乃重耳的舅舅）[1]

二是重耳登上王位后，论功行赏是有原则的。他说："高明至贤，志行全成，湛我以道，说我以仁，变化我行，昭明我，使我为成人者，吾以为上赏。恭我以礼，防我以义，藩援我，使我不为非者，吾以为次。勇猛强武，气势自御，难在前则处前，难在后则处后，免我危难之中，吾以为次。然劳苦之士次之。"[2]这里把功劳分了四等，高明至贤有教导之功的为头等；以礼义之道辅佐他，制止他犯错误的为二等；勇猛强武，冲锋在前，曾救他脱险的为三等；然后是劳苦之士，即一起吃苦的在最后。介子推在这个原则中

---

① 见《史记·晋世家》。
② 见《韩诗外传》卷三之第27章。

能排到哪一等？明显是重耳没有把他放在前三等。我觉得，这个分轻重先后的原则是正确的，不能纯以感情用事。参加了二万五千里长征，胜利后也不是人人都先封个将军。

三是当时重耳确实太忙了。他初登王位，国内旧臣一个劲儿不服，鼓动造反，周襄王又因内乱避到郑国，令晋国出兵解困。自然国内封赏功爵之事难以一下子做到，这是有情可原的。当然，介子推毕竟割过自己的肉，这么惊心动魄的忠君故事，重耳当然不会忘记。因此听说介子推隐入绵山之后，重耳也确实后悔不已，说："吾方忧王室，未图其功。"放火烧山的事不大可信，但既然人追不回来，重耳干脆把绵山封给了介子推，改山名为"介山"，说是"以记吾过，且旌善人"①。

四是介子推乃真忠臣、真君子。颠沛流离追随重耳十九年，终于赢得政权了，但他在归国途中就已经看到有人在琢磨将来的待遇问题了，他看不起那些人。回国后他曾说，重耳的成功是天命所归，人心所归，"二三子（指争功的人）以为己力，不亦诬乎？……况贪天之功以为己力乎"②？所以，他对自己没有得到封赏并无怨恨，而是不愿意与那些争功争赏的人为伍，才下决心隐入绵山。这是符合他尊崇的君子道德标准的。当然客观地讲，政权初定，正在用人之际，他这样做，也不是一个好政治家。

---

① 见《史记·晋世家》。
② 见《史记·晋世家》。

基于以上四点，我觉得介子推这样一个君子，确实有值得人们尊敬之处，但也没必要两千五百年来一直为他喊冤，好像比窦娥还冤。历史上以及现代社会中，不停地这样喊的人，多是自己不得志，旁敲侧击说给皇上和领导听的。在现代，还有可能是为了开展旅游做宣传。纱帽有限，想开点儿，看问题客观点儿，有益于养生。

父亲说过的两句话

在我的记忆里，父亲是个很严厉的人。他是旧时军人出身，1924年在西北投军入伍，抗战爆发后加入中国共产党，去了延安，又到129师。虽然抗战胜利后转行做党的金融工作，但终其一生，仪态仪表都保持一种军人的风范，端庄严肃。即使不穿制服，衬衣上的第一粒扣子也要系上。

在我的记忆里，父亲是个不常与孩子们聊天儿的人，即使我们犯了错，训斥的话也非常简短。比如，我当过兵，他看到我有时懒懒散散的样子，一句话："看你，哪儿像个当过兵的！"完事。遗憾的是，这么多年了，我仪态懒散的毛病也没有改掉。但是，父亲有两句关于人生道理的话，我从来没有忘记过，也一直在努力照做，对我一生产生着重要影响。如今，他已经去世三十五年了。

第一句是"先人做官，后人卖砖"。在我小时候最贪玩的那个阶段，成天想着在外面和小伙伴们疯跑，常常吃晚饭时不愿回家。一次父亲喊我回家后，很严肃地说："知道吗，先人做官，后人卖砖！"然后接着说："这是咱们老家的俗话。祖先是做官的，子孙不好好学习，不争气，败了家业，最后穷得只能把房子拆了卖砖！"这话我记住了，虽然还是爱玩，但逐渐对学习也上点儿心了，而且渐渐爱读书，特别沉溺于看各种课外书，上课时也忍不住，没少被老师训斥。但父亲看到我爱看书，心里特别高兴。他从不明确地夸赞我，但只要看到我在房间里看书，他会轻轻地为我把房门带上，给我一个安静的环境，也不问我看的是《红岩》还是《三侠五义》。爱读书最终成了我一生的习惯，也是我一生受益的习惯。

第二句是"君子善言如棒打"。那是1965年我上高中的时候，当时学校里有一门课讲社会发展史和哲学。学了点儿哲学，我就喜欢瞎琢磨。我看到有同学总是刻意讨好班上的团员，就写了篇周记，题目是《整天围着党员转、团员转，就是跟党转、跟团转吗？》。这下惹了祸。本来班主任就觉得我散漫，抓住这事便组织全班同学写文章批判我，说我这是政治观点错误。我不服。正好学校里一个班出了个团支部书记小偷小摸的事件，我就抓住这事反驳说："难道跟着这个小偷转，也是跟党转、跟团转吗？"记得那天挨了批判回家，我对父亲诉委屈，不自禁地还骂骂咧咧起来，但父亲只是听着，看着我，不说话。骂着骂着，我就哭了起来。这时听见父亲静静地说道："行啦、行啦，骂人可不对。知道吗，君子善言如棒打。骂人解决不了问题。"没说我不对，也没说学校不对，我心里还是不服，但这句"君子善言如棒打"我记住了。后来我读《鲁迅全集》，读到"辱骂和恐吓绝不是战斗"的时候，又想起父亲说的"君子善言如棒打"，醒悟了话中的道理，而且觉得父亲的话比鲁迅的话更温静。再长大之后，我也渐渐理解了父亲当初的心情，他支持我的观点，但涉及政治上的事情，又觉得难以对我这个孩子一下子讲清楚，就告诉我一句待人处事的道理，因为他确实不愿意听我骂人。学校里的事，最后是班主任被学校领导批评了，然后不了了之了。而从父亲那里得到的"君子善言如棒打"的道理，在我后来的人生中一直在慢慢发酵，起作用，助我成熟起来。可以争论，但不要骂人。

在我的脑海里，父亲的形象永远是一座大山，一座高耸的、严肃的、令人敬畏的大山。我没有写过回忆父亲的文字，常常是有了这种冲动的时候，所有的思绪如潮水般涌来，笔在手里突然变得十分沉重，根本无从下笔，最终只能懊恼地将笔放下。这一次，我下决心不去写父亲的全部，只写父亲说过的这两句话。如果父亲在天有灵，知道我一直还记得他说过的这两句话，他一定会欣慰，会露出慈祥的笑容。

我住过的那条小胡同（上）

孩子手中的小蚯蚓

爸爸眼角的鱼尾纹

爷爷的烟斗上，飘散了

淡淡的云……

这是一首叫《记忆》的小诗，我很喜欢。蚯蚓，小时候玩过；爸爸眼角的鱼尾纹，也应该见过，但那时并没有注意；而所谓爷爷的烟斗，没见过，因为我从来没见过自己的爷爷，父亲生前也很少和我们讲爷爷的事。

打动我心的，是这首小诗的意境。那是在云烟的幽幽袅袅飘散中，浮现出来的像泛黄的历史照片一样的景象。它让我想起童年住过的那条北京小胡同。

父亲解放前就做党的金融工作，1949年2月带着我们进了北京，那时姐姐 3 岁多，我才 1 岁半。在北京，我家住过鲜鱼口的五洲宾馆，住过锡拉胡同，但这是父母说的，我都没有印象，我只记得小四眼井胡同 10 号，在那里从记事起住到 9 岁。那是夹在天安门广场、西交民巷、司法部街和大四眼井胡同这个方框之中的一条东西向的小胡同。现在，这条小胡同早没有了，司法部街也没有了，大四眼井胡同也没有了，都在建人民大会堂时拆掉了。幸存的西交民巷，也是焕焕然进了 21 世纪，与我小时的记忆全然不同了。

那条小四眼井胡同埋在我的记忆里，很窄很窄，很长很长，很静很静，只有想念的时候，它会浮现出来。我家住的 10 号是北面中间位置，是个三进的大四合院，门口是已经破损的石阶，大门的红漆陈旧斑驳，立有两个石门墩，大门道里还有一条厚厚的、长长的大条凳。看架势，以前肯定是个官宦人家。进门道以后向左拐才是前院，住一家人。再进一道门是主院，很宽敞的大院子，东厢房一家人，西厢房一家人。北房前又有石阶上去，比厢房明显高大，东尽头有一条小门洞通往后院。东房、西房、前院三家家长，与父亲都是一个单位的；北房和后院是我家住。我现在还存有当初父亲、母亲带着我和姐姐去小四眼井 10 号看房时的旧照片，穿的是冬装，坐在北房前的石台阶上，我和姐姐分别坐在父亲、母亲怀中，身后可见正房残旧的门和已经破损的玻璃窗，可知房子无人居住已久。

我们搬入后，房屋修缮了，而且院里各家都养花，父亲养得最多，一盆一盆地摆在房前院内和石台儿上。阳光下，绿叶托着繁花，将勃勃生机覆满了这个陈旧的宅院。

在小四眼井胡同里，我家住的 10 号是大四合院，东边的 9 号也是一套大四合院，据说是某个不挂牌的机关办公处。我们对面是一幢带院子的破旧木楼，胡同里其余住家就都是低矮简陋的平房和大杂院了。

没上小学前，我的生活就是在胡同里与小伙伴们玩儿。父母一上班，就是我玩的时间。院里的男孩子有东房的小平，与我同岁；前院的郭瑞，大我三岁；西房只有两个女孩子，年龄与我们相当。但天性使得我们不大与女孩子玩。

在院子里玩规矩多，捉迷藏碰到院里的花是要挨训斥的，要到胡同里玩才过瘾。在胡同里可以随意奔跑、吼叫、笑闹，还可以跟郭瑞学翻跟头。郭瑞的二哥是练体操的，特牛，郭瑞从他哥那里学来一招半式，再教我们，其实也就是一个侧手翻，一个在墙根儿向上倒立。我们一帮孩子练起来，在小胡同里也算得上一景。

再就是玩弹玻璃球儿，或者用水和泥玩"摔炮儿"。稍晚些时候，还蹲一圈儿玩"剁刀"，在地上画出边界，轮流用立式的铅笔刀在对方的领地甩刀，能稳稳立住，便划为自己的领地。

胡同里常和我们一起玩的，我还能记起两个。一个住

8 号，是个很平民化的杂院，那孩子好像比我大一两岁，不知姓氏，只知名为富龙。因为几乎每天到傍晚时，他妈妈会站在家门口呼唤："小富龙，小富龙哎！回家，回家喽……"有时我们和他打架吵架，也是跑到他家门口，大喊："管你们家小富龙不管啦！他欺负人啦……"还有一个孩子，只知叫小蛋儿。小蛋儿家，用小孩子的话说，"我们家是捡破烂儿的"。他妈妈每天背着一个柳条筐，手持一枝顶端绑了根铁针的竹枝，地上有废纸，一扎，再回手放进筐里。那时候小胡同里大都是穷人家，没人嫌弃捡破烂儿的，小蛋儿妈妈背着筐在胡同里走过，小蛋儿也从没有什么不好意思的表情，本来他就是常和妈妈一起去捡破烂儿的。

我住过的那条小胡同（下）

　　走街串巷做小买卖的人，是小四眼井胡同里一道亮丽的风景线。

　　首先是卖水的。那时，只有我们住的院里有一个公用的自来水龙头，胡同里的平房杂院没有自来水，吃水用水都靠卖水人送卖。每天早上，卖水人来了，拖着一架长长的木车，上面整体是个铁条箍成的木桶，前后两端圆形，后端下面是个水龙头。卖水人一吆喝，人们都带着水桶涌到家门口来买。孩子们爱围在卖水车旁，看着清凉凉的水从车后的龙头哗哗地流出，体会一种莫名其妙的高兴。

　　再就是走街串巷卖糖果的，一圈儿小玻璃盒子围挂在腰间，里面分装着五颜六色各种糖块糖球。只要卖糖果的人一进胡同，孩子们都是先往家里飞跑，向大人要钱，再飞跑出来，举着一分钱，挤进人堆，千挑万选，买上两块糖，放入嘴里，那叫一个甜！

再就是推车来卖杂货的，我爱玩的许多东西车上都有。什么弹球儿、洋画儿、弹弓、皮筋儿。关键是这种车上还卖糖稀。那是一种乳白色的稠稠的饴糖，放在桶里，交一分钱，他就用一小截儿细细的高粱秆儿在桶里搅，高粱秆儿头儿上会粘挂上一小坨糖稀来，这就值一分钱，特好吃。

再就是伴着悠扬的叫卖声常来胡同里的买卖人。我印象最深、觉得喊得最好听的有三种：

一个是卖臭豆腐、酱豆腐的，一吆喝起来声调悠长动听："臭豆腐——酱豆腐，王致和的臭豆腐！"于是孩子们都围着、随着，一起学唱："臭豆腐、酱豆腐，王致和的臭豆腐！"

再一个是卖破烂儿的。我至今不明白他们为什么被称为"卖"破烂儿的，这生意明明是收购废旧破烂儿，应该是"买"，但所有北京人都称之为"卖"。他们大都是背个长口袋巡胡同而行，拖着长音吆喝起来："破烂儿，我买——，有破烂儿的我买——，有旧衣裳的我买——……"听到吆喝声，各家主妇便会拿上要卖的杂物，站到家门口，挺不客气地喊："卖破烂儿的，过来！"

再一个是卖水萝卜的。那时节，一般人家里穷，水萝卜是当水果吃的。卖水萝卜的吆喝起来是："水萝卜赛梨哟——冻了换！"买的水萝卜，都是要削好了才递给你。

人家削萝卜也是真有刀工，先削去顶皮，然后从上向根部削外皮，每刀都是在根部停刀，皮依然留在萝卜上，一圈儿要十来刀，然后切割萝卜芯儿，从上向下，横切五六刀，纵切五六刀，都是在根部停刀，切出的萝卜外皮是微微散开的一圈儿绿，包着中间一朵大花芯儿，递过来，看着就赏心悦目，吃的时候是从中一条一条掰着吃。父亲爱吃水萝卜，我家就常买。

夜幕降临，小四眼井胡同的路灯亮了，胡同里的人各归各家。百多米长的小胡同，只有三盏路灯，一盏在东头儿，一盏在中间我家门前，一盏在西头儿。灯光昏黄，照不了多大范围，于是那三盏灯显得很孤独，长长的胡同里显得很幽静。

1956 年，父亲的单位在阜成门外建了新的带宿舍区的办公楼，我们家搬离了小四眼井胡同。转眼六十年过去了，我虽然没有每天都想，但也确实经常想起小四眼井胡同。我的记忆也像这条小胡同，不想的时候，它是幽幽暗暗的；想的时候，路灯亮了，三盏路灯都亮了，能看到我的那段童年。

再说一句，住小四眼井胡同的时候，我的弟弟、妹妹们还小，都不大记得，而姐姐的记忆则比我记得的要多，但内容却有很多不同。看来，我记忆中的小四眼井胡同，只属于我自己。

晒篇三十三年前的旧作

在留存的旧资料中，翻出自己三十三年前在《北京晚报》上发表过的一篇旧作，题为《儿郎读课要当真》，感慨之情，油然而生。

感慨三十三年前自己的心态。记得那时我刚刚大学毕业工作。我是"文革"前的老高三，学业耽误了十年，恢复高考后才上了大学，对于学习，心情总是像跑道上的落后者在拼命向前追赶。一起上大学的学弟学妹，有比自己小十二三岁的，真羡慕他们的青春优势。

感慨自己那时的拼命读书。年龄是回不去的，知识是可以补的，无非就是自觉点儿，比别人多读点儿书。那时写点儿小豆腐块儿文章，也是为了挣稿费，拿了稿费就去买书。那时的书真便宜，我文章依据的《水东日记》一书，资料性很强，是我1981年买的，近400页，才一元二角钱。

另一点感慨是,这篇小文章中引的"先人做官,后人卖砖"这句话,是我的父亲生前对我讲的,我一直记在心中。

我把这篇小文章晒出来,不揣鄙陋,是因为想提醒自己:人老了,但愿读书学习的心态常如当年。正是金秋九月,开学啦!

《儿郎读课要当真》(原载 1982 年 8 月 10 日《北京晚报》第三版):

晚报发表了公木同志题为《曲阜行》的三首诗,其中第二首有句云:"洪武告喻多妙语,儿郎读课要当真。"这里讲的朱元璋告诫孔府子弟要认真读书的事迹,是有根有据的史实。

朱元璋建国初年,曾先后接见袭封衍圣公的孔子五十五代孙孔克坚和五十六代孙孔希学,期间三次谕旨,训诫孔府子孙要继承祖业,认真读书。孔希学对此事的记录,被明朝叶盛收在其所著《水东日记》卷十九中。

记载说,朱元璋曾诫谕孔希学:"尔祖无所不学,无所不通,故得为圣人。……今尔为袭封,爵至上公,不为不荣矣。此非尔祖之遗荫欤!……尔若不读书,辜朕意矣。""尔年近四十,志虑渐凝定,见识渐老成,正好读圣人之书,亲近良朋师友,早夜讲明通义,必期有成。四方之人知尔之能,俱来持经问难,且曰此无愧于孔氏子孙者,岂不美欤!"云云。

由上可知,对贵为衍圣公的孔子后代,朱元璋是十分关心他们的读书问题的。其中的原因，一方面是当时天下初定，朱元璋有意表示对孔府的尊重和关心，以笼络广大知识分子为巩固朱明王朝服务。另一方面，朱元璋的诫谕对那个世世袭封衍圣公的孔府来讲，也确有很实际、很中肯的意义。历史上"先人做官，后人卖砖"的事是常有的。往往先人做了大官，子孙们便安于花天酒地、斗鸡走狗的纨绔生活，四体不勤，五谷不分，饱食终日，无所用心，不读书，不习式，以为祖宗的遗荫便是万年不倒的靠山。

朱元璋认为，"年近四十，志虑渐凝定，见识渐老成，正好读圣人之书"，这很有道理。时至今日，也还常见有些人，一到三四十岁，于"学习"二字上便自暴自弃起来，什么"记不住"呀，"家务事多"呀，一大堆托词、借口。实际上在读书问题上，三四十岁的人更有少年人不能比的长处。年龄大，经历广，实践经验丰富，也就是志虑凝定，见识老成，理解力和理论联系实际的能力，都大大超过少年人而有利于学习。只要奋发刻苦，持之以恒，学识自会不断增长，大器晚成也是可以做到的。

一个是不要因为父亲做大官，儿孙便不愿读书；一个是不要因为年纪大，自己便不敢读书。这两点，可以说是我们从朱元璋对孔府子弟的诫谕中，值得汲取的积极成分。

周武王是怎么当皇上的

周武王在讨伐殷纣王时当总司令，掌生杀予夺大权，叱咤风云，威风凛凛，不可一世，而在当了皇帝后，则又能戒骄戒躁，谨慎小心，勤勤恳恳，十分敬业，另是一种形象。

《史记·周本纪》中记载，武王伐纣时，曾登山远望纣之都城深思，胜利后又夜不能寐。姜子牙关心去问，武王说："是老天不保佑纣王了，我们才有今日的成功。现在，我还不知道如何做才能保证老天保佑，哪儿有工夫睡觉呢？"并说，自己只能"日夜劳来定我西土，我维显服，及德方明"。要日日夜夜努力工作，让天下都看到我的德政，才能确定老天会保佑我们。

武王下的是这样的决心，他也确实是这样做的。他曾专门向纣王的旧臣箕子等人讨教殷纣败亡的原因，他下令

"纵马于华山之阳，放牛于桃林之虚；偃干戈，振兵释旅，示天下不复用也"（那时候牛也是战牛），让百姓都知道不会再有战争，可以安居乐业了。

另据《大戴礼记》记载，他还举行了一个庄重的仪式向姜子牙请教，问如何才能保证政权子孙万代不出问题。姜子牙说："敬胜怠者吉，怠胜敬者灭，义胜欲者从，欲胜义者凶。"用现在的话讲，就是要勤政，要谨慎，讲公义，抑私欲巴。于是，围绕"敬"和"义"这两个字，他在朝内、宫中到处为自己设立了"戒铭"，即自我警示牌，触目皆见。书中共记了十四处。这十四个警示牌，可没有一个是"万寿无疆""万岁万岁万万岁"类的颂歌，都是修身、执政的戒律。

我把这十四处警示都列下来。这些都是古文字，我也没有必要费篇幅去注解，可能会有朋友觉得难懂。但我觉得它们太精辟了，也有很强的资料性，实在舍不得删减。请看：

床的前后左右四条，分别是"安乐必敬"、"无行可悔"、"一反一侧，亦不可以忘"和"所监不远，视迩所代"。

桌子上题的是"皇皇惟敬，口生诟，口戕口"。

镜子上题的是"见尔前，虑尔后"。

洗脸盆上题的是"与其溺于人也，宁溺于渊。溺于渊犹可游也，溺于人不可救也"。

门柱上题的是"毋曰胡残，其祸将然；毋曰胡害，其祸将大；毋曰胡伤，其祸将长"。

手杖上题的是"恶乎危？于忿疐。恶乎失道？于嗜欲。恶乎相忘？于富贵"。

腰带上题的是"火灭修容，慎戒必恭，恭则寿"。

鞋子上题的是"慎之劳，劳择富"。

饭碗上题的是"食自杖，食自杖，戒之憍，憍则逃"。

门上题的是"夫名难得而易失。无勤弗志，而曰我知之乎？无勤弗及，而曰我杖之乎？扰阻以泥之，若风将至，必先摇摇，虽有圣人，不能为谋也"。

窗户上题的是"随天之时，以地之财，敬祀皇天，敬以先时"。

佩剑上题的是"带之以为服，动必行德，行德则兴，倍德则崩"。

佩弓上题的是"屈伸之义，废兴之行，无忘自过"。

长矛上题的是"造矛造矛，少间弗忍，终身之羞"[1]。

这十四处警示，细细品味，核心还真是姜子牙所说的"敬胜怠者吉，怠胜敬者灭，义胜欲者从，欲胜义者凶"。而且我认为不仅执政之人、做官之人，就是我们凡人百姓，也都能从中得到做事做人有用的道理。历代的学者们似乎也没有追究《大戴礼记》这一记载的真实性，可能是更觉得这些"戒铭"确实"合理"和"合礼"，不忍心说它假吧。

---

① 见中华书局出版《大戴礼记解诂》卷六之《武王践阼》。

作为一个开国君主，贵为天子，无人能管，那时候还没有中纪委。周武王的办法是下决心自己管自己，自觉地勤其政，慎其德，为此不惜把宫里弄得到处是标语。上朝，办公桌上有；回宫，门柱、窗户上有；睡觉，床上有；起床，洗脸盆、镜子上有；吃饭，饭碗上有；穿衣，腰带上有；出门，佩剑、手杖上有；打仗，弓箭上有。这样活着不累吗？累！但你既然把管理社会的责任担在了肩头，为百姓谋安居乐业，那就只能"先天下之忧而忧，后天下之乐而乐"，只能自觉地经受这样一种累。

周武王的"戒铭"，其实就是我们今天励志所用"座右铭"的源头。

大战在即说"淡定"

前几天，媒体上公布了中组部发出《推进领导干部能上能下若干规定（试行）》的消息，我觉得这可是切中时弊的大事，有些兴奋不已。干部能上不能下，这在干部工作中多年存在，总听有人呼吁，但从未彻底解决。这回文件一发，说明中央终于要下决心解决这个"老大难"了，符合党心民心，拥护！

去朋友处聊天儿，我高兴地说："看了吗，中组部发文件要解决干部能上能下问题了，网上热闹得很。"没想到，朋友只是很平静地瞟了我一眼，蹦出几个字："看了，好事。淡定，淡定。"

我说："老兄，这么大的事，您还要淡定，也太矜持了吧？"朋友还是那副尊容说："就因为兹事体大，所以才要淡定，淡定。"我说："那您说说，怎么个淡定法？"

朋友说："听其言，观其行。"

这真出乎我意料之外。我说："老兄，是中组部发的文件哎，你还要对中组部'听其言，观其行'？"朋友则反问我说："怎么，不对吗？"

然后，朋友打开了话匣子："我不是对中央决策的正确性有怀疑，而是关心中央决策最终能否得到落实，解决问题，还要看今后一步一步的具体工作。什么事情，都不是说发了文件就一定能做好的。就说'能上能下'，建党以来就是党的干部工作原则，怎么后来就成了个顽症？改革开放以来，我们说过多少次要解决，为什么还是积重难返？就像那个精简机构一样，运动式的部署就搞了多少次，现在还不是日益臃肿，十羊九牧？我们是历史唯物主义者，事情未真见到成效之前，不能别人许了什么诺言，我们就说'听其言，观其行'；对我们自己的事，就不许别人对我们讲'听其言，观其行'。言行一致，是我们对全党全国的工作要求，同时这也应该是全国人民对我们党，对党的领导人和各个部门工作的要求，这就是对党的工作的民主监督。文件发了，不要满足于热热闹闹的拥护表态，关键还要有冷静的、科学的、具体的工作落实，特别是要充分警惕和研究解决工作中可能出现的困难和问题。"

朋友接着说："我说淡定，就是讲大战在即，临大事要有点静气，千万别以为这事做起来会很顺利！这件事与现在反腐败斗争的内容有交叉，但涉及干部的面，要大得多喽。文件上说了，领导干部有超期服役、任期届满、健康原因、违纪违法、失职问责和'不适宜'等六种情况的，都得调整。更关键的是，还有个新增的五种干部会被问责的规定。你仔细想想，这个圈子有多大！谁进了这个圈子，那是要'摘乌纱'，甚至'敲饭碗'的呀！更不要说每顶乌纱、每个饭碗后面还有一大家子人。这么大的事，涉及那么多人的切身利益，你以为会没有阻力，没有人抵触？你以为这活儿好干？"

朋友如此一通炮话，还真让我有所沉思。我又好心说了一句："中组部文件都下了，你这个'淡定，淡定'一类的话，还是别满处嚷嚷，小心有人会说您是泼凉水。"

朋友显然不爱听"泼凉水"这三个字，很严肃地说："首先，我这不是泼凉水。其次，真有人泼点儿凉水，也不是什么不好的事。我们党过去工作出了不少错误，多与没人敢泼凉水，或不能冷静地听取别人'泼凉水'的意见有关。'大跃进'不是吗？'庐山会议'不是吗？'文化大革命'不是吗？毛主席在《论十大关系》中说过，一个党同一个人一样，耳边很需要听得到不同的声音。他还说过，党内需要有'踱方步'的人。一个好的决策出台了，别光看见彩旗飘飘、敲锣打鼓，有些人的满脸笑容是生挤出来的。共产党人做事，不怕难，怕的是轻敌。现在中组部文件还有个试行的括号，我希望下一步在言行一致的问题上要加上更明确、更严格的要求，在提倡监督，接受监督上增加更具体的保证措施。监督的过程，不就是'听其言，观其行'吗？我心光明正大，我的话也不怕人传！"

　　我觉得朋友说的话是有道理的，所以就这样用随笔把它传出来了。